FADAS, BRUXAS E MONSTROS: O MARAVILHOSO NA LITERATURA

Georgina Martins · Rosa Gens (orgs.)
Alexandre de Castro Gomes
Armando Gens

São Paulo, primavera de 2025

semente editorial

Fadas, bruxas e monstros: o maravilhoso na literatura
1.ª edição: setembro de 2025

Travessa Dona Paula, casa 13 – caixa postal: 0690
Higienópolis – São Paulo/SP – Cep. 01239-030
comercial@sementeeditorial.com.br
Tel.: (21) 98207.8535

Edição de textos: Mônica Figueiredo
Diagramação: Alan Maia
Arte da capa: Camilo Martins
Coordenação, edição e *design*: Larissa Kouzmin-Korovaeff

Bibliotecária responsável: Michele Cristina da Silva – CRB7/7371

F144

Fadas, bruxas e monstros - o maravilhoso na literatura / Georgina Martins e Rosa Gens (org.) ; Alexandre de Castro Gomes; Armando Gens. – 1. ed. – São Paulo : Semente Editorial, 2025. (Conversa literária ; 3)

160 pp. ; 21 cm.
ISBN: 978-65-86610-71-0

1. Literatura infantojuvenil: História e crítica. 2. Contos de fadas – Aspectos sociais. 3. O maravilhoso na literatura. 4. Literatura – Estudo e ensino. 5. Professores – Formação. I. Martins, Georgina. II. Gens, Rosa. III. Gomes, Alexandre de Castro. IV. Gens Armando.

CDD : 809.89282

Índice para catálogo sistemático:
1. Literatura infantojuvenil: História e crítica 809.89282

Os contos de fadas são ímpares, não só como forma de literatura, mas como obras de arte integralmente compreensíveis pela criança como nenhuma outra forma de arte o é. Como sucede com toda arte, o significado mais profundo do conto de fadas será diferente para cada pessoa, e diferente para a mesma pessoa em vários momentos de sua vida. A criança extrairá significados diferentes do mesmo conto de fadas, dependendo de seus interesses e necessidades do momento.

(Bruno Bettelheim)

CONVERSA LITERÁRIA

Isto é precisamente o que a leitura e, sobretudo a leitura literária oferece em abundância: espaços, paisagens, passagens. Linhas de fuga, traçados que reorientam o olhar.

(Michèle Petit)

A coleção **Conversa Literária**, coordenada pela professora doutora Cintia Barreto, destina-se ao público interessado em textos literários e seus desdobramentos – especialmente professores, profissionais da educação, mediadores de leitura e pesquisadores envolvidos ou apaixonados pelo ato de ler. Para alcançar esse público, foram convidados especialistas nos temas abordados, com atuação consolidada na cena literária, seja ela a sala de aula ou outros espaços dedicados à formação de leitores.

Eis, portanto, o terceiro volume da coleção, intitulado ***Fadas, bruxas e monstros: o maravilhoso na literatura***, que explora o tema sob múltiplas facetas, oferecendo ao leitor um percurso de compreensão e aprofundamento. A obra reúne cinco ensaios que, embora possam ser lidos de forma independente, mantêm entre si uma sintonia que potencializa o significado das leituras em que o maravilhoso se faz presente.

Com organização das pesquisadoras, professoras e escritoras **Georgina Martins** e **Rosa Gens**, o livro tem como propósito oferecer saberes fundamentais à formação de mediadores cada vez mais preparados para promover o letramento literário voltado às infâncias e às suas multíplas expressões, vozes, culturas e modos de estar no mundo.

Georgina Martins, Rosa Gens e Armando Gens, no primeiro ensaio, de caráter introdutório, "O maravilhoso em pauta", propõem uma sucessão de definições do tema, acompanhadas de observações que o situam no debate. Ao mapearem essas diversas concepções, os autores permitem que sejam divisadas esferas do pensar não circunscritas a uma única mirada. Assim, estabelecem-se pontos de referência para o entendimento da matéria, calcados em palavras de pensadores diversos. Além da exploração teórica, assinalam um apanhado dos discursos narrativos mais constantes, comentam contos de fadas e situam como o maravilhoso europeu foi introduzido no Brasil.

Georgina Martins, em "As bruxas", desenvolve o tema a partir de uma ampla perspectiva histórico-sociológica. Tece uma linha temporal, escolhendo momentos fundamentais para a compreensão do imaginário cultural acerca da figura da bruxa. Comparecem ao texto, na exploração da autora, Canídia, Medeia e Circe, matriarcas de toda a linhagem. A Idade Média e os instrumentos de dominação das feiticeiras, forjados com base na religiosidade e seguidos pelo povo, são considerados. Na sequência, apresenta a representação das bruxas no Brasil e os relatos de pessoas acusadas de transgredirem os comportamentos "normais" estipulados por tratados. Ao final, tece considerações sobre a presença das bruxas no repertório dos contos de fadas, iluminando sua permanência e força.

Armando Gens, no texto "As fadas ainda estão por aqui...", elabora retratos das fadas nos contos maravilhosos. Partindo do perfil legitimado pela tradição europeia – o da fada madrinha –, investiga, em doze obras literárias destinadas a crianças e jovens, as transformações vividas por essa clássica personagem e pelos espaços em que ela habita e atua. O autor examina as obras selecionadas destacando suas peculiaridades, as mudanças e os artifícios empregados na configuração literária da fada em diferentes temporalidades, bem como os fortes vínculos que essa figura mantém com as questões de gênero. Ao final, discute a relativização das funções tradicionalmente atribuídas às fadas, que, nas releituras do perfil clássico, ganham novas formas e sentidos – não mais exclusivamente associadas ao bem.

Alexandre de Castro Gomes, em "O percurso dos monstros na literatura infantil e juvenil brasileira", o autor reflete sobre a importância das criaturas maravilhosas para compreender a produção literária destinada a crianças e jovens no Brasil. Considera os monstros presentes na Bíblia e orienta seu ensaio a partir da divisão da literatura infantojuvenil proposta por Nelly Novaes Coelho. Percorrendo cada período, examina as principais obras publicadas e comenta suas características, permitindo, assim, que o leitor entre em contato com obras diversas e perceba a caracterização do monstruoso em diferentes fases desse campo literário.

Rosa Gens, em "O medo e suas estranhas maravilhas", investiga a concepção de medo e os elementos que o deflagram. Aponta o desconhecido e a morte como gatilhos de narrativas de terror, citando algumas delas. Nessa trajetória, define seres que, em nossos dias, aparecem como personagens de terror e que carregam um potencial simbólico, como lobisomens e zumbis. A seguir, estuda três narrativas consideradas matriciais: *Drácula*, *Franskenstein* e *O médico e o monstro*, em paralelo a obras contemporâneas destinadas a crianças e jovens. A autora, além de comentar lendas urbanas, destaca artifícios cristalizados em narrativas centradas no medo. Cita também, com breves comentários, obras publicadas no século XXI que apostam em tramas assustadoras, ativando o poder de imaginação do leitor.

A partir dos temas aqui apresentados, o leitor, professor ou mediador apaixonado por literatura pode se aventurar pelos caminhos que conduzem ao prazer da leitura. É convidado a pesquisar obras diferenciadas e torná-las próximas e acessíveis ao seu público. Os autores do volume ***Fadas, bruxas e monstros: o maravilhoso na literatura***, da coleção ***Conversa Literária***, desejam promover convivência e diálogos para que o letramento literário se constitua em uma via para uma educação artística de qualidade.

*

Com a publicação desta obra, a Semente Editorial – sabedora de que a esperança da colheita encontra-se na semente – intenciona contribuir para a formação de uma rede de apoio e afeto que possa semear e cultivar conhecimento que transforme e inspire novos mundos.

SUMÁRIO

Escrever contos maravilhosos é, para mim, navegar em rio de uma única margem, a terceira.

(Marina Colasanti)

O MARAVILHOSO EM PAUTA

Georgina Martins, Rosa Gens
e Armando Gens

O historiador conta os fatos como eles aconteceram e o poeta conta como gostaria que tivesse acontecido.

(Aristóteles)

O conceito de maravilhoso assume diversos perfis e associa-se, muitas vezes, à ideia de positividade, de beleza. Este é o significado que repousa no imaginário popular, cristalizado por uso, corrente na contemporaneidade e aceito pela maioria das pessoas. No entanto, não é o que nos move aqui. Ampliando as irradiações de significado da palavra, comecemos por visualizar o conceito na perspectiva de pensadores.

DESVENDANDO O MARAVILHOSO

A primazia cabe a Aristóteles, em sua *Poética*, quando faz referência a *Thaumásios*, que significa aquilo que é objeto de espanto, de admiração, de surpresa. De maravilhamento, enfim. O medievalista Jacques Le Goff, em um dos seus mais famosos estudos sobre o tema (1985), acrescenta que o adjetivo maravilhoso na língua latina origina-se do vocábulo *mirabilia*, que significa mirar o insólito, o espantoso; algo que não se pode explicar à luz da racionalidade, coisas que merecem ser vistas, cuja função principal seria a de servir de contrapeso à banalidade e à regularidade do cotidiano.

Por sua vez, o cientista e médico Pierre Mabille (1940) aponta que o adjetivo maravilhoso teve seu sentido esgarçado, enquanto o substantivo manteve algum poder de significação. O maravilhoso permite evocar os fenômenos inacreditáveis que constituem o domínio da fantasia. Remete ao poder de reflexos e reflexões que, por sua vez, levam ao inconsciente, às origens do sonho. Mabille afirma que o maravilhoso se encontra onde os nossos sentidos não captam imediatamente. Trata-se, assim, de dinamizar perspectivas, de visitar ângulos novos, e de entender que o maravilhoso está presente na vida interior do indivíduo e no conhecimento do mundo externo. Dentro de nós, fantasias dispersas, reflexos distorcidos da realidade e desejos recalcados mesclam-se com símbolos que são familiares à existência humana. Não é de estranhar, portanto, a ligação do surrealismo com o maravilhoso, manifesta nos textos de André Breton. Neles, ressalta-se a capacidade de o maravilhoso surpreender e de estar em estado latente na realidade cotidiana.

São várias as aparições do maravilhoso: narrativas que tratam da criação e destruição do mundo, que tematizam a travessia de seres por meio de desafios. Outras estão repletas de provas purificadoras, da luta contra a morte, de viagens plenas de fantasia. Todas levam leitores e/ou ouvintes a lidar com sua imaginação e ativam simbolismos ocultos.

Nelas ocorre a introdução de um elemento mágico ou sobrenatural, cuja presença é capaz de promover ruptura da ordem e da previsibilidade do cotidiano das personagens da trama. O maravilhoso ilumina o movimento de vida e move o emocional.

O escritor Alejo Carpentier, afirma que:

> Tudo que é insólito, tudo que é assombroso, tudo que escapa às normas estabelecidas é *Maravilhoso*. A Górgona, com sua cabeleira de serpente, é tão maravilhosa quanto Vênus surgindo das ondas. Vulcano, disforme, é tão maravilhoso quanto Apolo. Prometeu triturado pelos abutres, Ícaro espatifado no chão e as deusas da morte, são todos tão maravilhosos quanto Aquiles triunfante, quanto Hércules vencedor, quanto as deusas do amor. (1987, p.122).

Dentre as narrativas maravilhosas encontram-se os contos de fadas, que através dos séculos embalaram o sono de crianças das mais diversas culturas e contextos. Ressalte-se que contribuem para a compreensão de como o ser humano é capaz de simbolizar o mundo que o cerca, com o desconhecido, as iniquidades, as intempéries, e tudo aquilo que ele não consegue explicar.

Seres como ogros, fadas, bruxas, e até mesmo vampiros e lobisomens, integram o rol de criaturas que têm a existência justificada pela necessidade atávica do ser humano de contar e de ouvir histórias, sobretudo para compreender e se apropriar do mundo a sua volta. Esse ato servia, a um só tempo, de entretenimento, catarse e resistência cultural. A partir dele, celebrava-se, cotidianamente, o encontro, a partilha de experiências e a apreensão de mundo, dando forma à produção coletiva de um bem cultural. Esses seres mágicos – alquimistas do maravilhoso – organizavam a vida de todos, traduziam sobrenaturalmente as forças reguladoras da dureza da vida, as misérias, as fomes; explicavam-nas. Regulavam assim, a partir da lógica possível, o caos: toda ordenação, por mágica que seja, é superior a ele, é vital para a existência humana, como tão bem expressou Michelet:

> Esses contos têm uma parte histórica, evocam as grandes fomes. Em geral, porém, pairam bem acima de toda a história: nas asas do pássaro azul, numa eterna poesia, expressam nossos desejos, sempre os mesmos, a imutável história do coração. (1982, p.61).

Do mesmo modo, o clássico final feliz a que tem direito a maioria das personagens dessas histórias, sejam crianças famintas, viajantes entregues à própria sorte, ou órfãs que se casam com príncipes, possibilita transposições para outra realidade, por meio da invenção de um "mundo ao contrário". Ainda que somente no plano da fantasia, os camponeses tornavam-se, também eles, senhores – desposando princesas, fartando-se com as iguarias reais e usufruindo do ócio e demais privilégios dos nobres. Tais constatações levaram Robert Darnton, outro historiador dedicado ao tema, a afirmar que o imaginário que engendrou os contos maravilhosos foi o do camponês medieval, uma vez que a realeza feudal jamais criaria narrativas em que seus príncipes herdeiros desposassem reles plebeias.

Ao lado dos finais felizes, com regularidade estão os castigos para punir poderosos. Como bem atesta a tipologia das narrativas maravilhosas, tanto o castigo quanto o "foram felizes para sempre" mostram-se em franca interdependência no momento do desfecho, o que vem a configurar o caráter maniqueísta presente no gênero em questão. Entende-se que o castigo funciona como uma resposta narrativa da comunidade à violência que lhe era aplicada pelos senhores feudais e, ao mesmo tempo, revela que o maravilhoso constitui uma dupla saída: amenizar e vingar o desamparo, a carência e a opressão que os camponeses sofriam, impostos pela estrutura de poder medieval.

No entanto, equivale ressaltar que as sucessivas descaracterizações promovidas ao longo dos tempos nas versões de várias das narrativas tradicionais, ao forjarem um caráter premeditadamente adocicado, não só contribuem para omissão de questões cruciais da existência – morte, sexo, fome, desejos, raça, gênero, poder –, como ainda impedem que se estabeleça uma relação entre essas questões e o ato de narrar que lhes deu origem: histórias contadas para idosos, crianças e adultos. É importante deixar bem claro: narrativas contemporâneas que evocam os contos maravilhosos tradicionais podem rearticulá-los em consonância com novos paradigmas, instaurando significados amplos que dialogam com os contos originais, sem que o maravilhoso perca sua força primordial.

A REALIDADE ADVERSA NOS CONTOS MARAVILHOSOS

Dentre os contos de fadas, tome-se *João e Maria* como exemplo: duas crianças veem-se fora de seu lar, em meio à floresta, e deparam-se com uma casa toda construída com as mais apetitosas guloseimas. Por serem crianças como outras quaisquer, ou por estarem extremamente famintas, põem-se a comê-la com avidez. A bruxa, dona da casa, porém, as aprisiona e decide devorá-las.

Desta trama, aparentemente simples, podem desdobrar-se análises de profundas implicações. Contudo, o que por ora nos interessa é a compreensão dessa história à luz da sociologia, capaz de entender a monstruosidade do abandono como produto de uma imposição social desse contexto: uma época em que padrões morais e éticos adequam-se por força às necessidades primeiras de sobrevivência. A fome na Idade Média, é sabido, assolava e exterminava os camponeses, obrigando-os a entregar seus filhos à própria sorte.

Segundo se observa, no conto *João e Maria*, os protagonistas em estado de vulnerabilidade devido à falta de alimentos são capturados por uma bruxa antropófaga, proprietária de uma casa feita de doces – imagem invertida da carência de alimentos, e do desejo das duas crianças. Se o estado de vulnerabilidade das duas crianças as conduz para a morte, será, então, a sagacidade, a única solução para não serem devoradas pela bruxa. A potência do desejo de sobreviver mostra-se mais forte do que a monstruosidade de estarem privadas de condições mínimas de sobrevivência.

O Pequeno Polegar, por sua vez, está inserido em um contexto em que os camponeses eram obrigados a pagar exorbitantes impostos ao rei, prática que os deixava em situação de extrema penúria, a ponto de abandonar os próprios filhos, na esperança de que pudessem sobreviver por conta própria. E, quem sabe, ainda, ajudar no sustento da família, como faz o Pequeno Polegar, assim que consegue libertar-se do malvado e poderoso ogro:

> Era uma vez um casal de lenhadores que tinha sete filhos. O mais esperto era muito pequeno, do tamanho de um dedo polegar, daí a sua alcunha. Desesperados, os pais, por não terem como alimentá-los, resolvem colocá-los na floresta, onde eles encontram a casa de um malvado ogro que come gente. (Perrault, 1988, p.57).

Este conto, que integra a famosa coletânea intitulada *Contos da Mamãe Gansa*, apesar de só recolhido por Charles Perrault no século XVII, serve como testemunho do auge da pior crise demográfica que a França enfrentou por volta do século XIII, período em que as pessoas ingeriam pão de farelo, urtigas cozidas, sementes desenterradas, tripas de gado recolhidas nas matanças e carniças de animais mortos pela peste. Há relatos de homens que, no desespero da fome, comiam partes do próprio corpo (Delumeau, 1990). Em resumo, nos dois contos citados anteriormente, escapar dos canibais e encontrar a solução para as agruras da sobrevivência se dá pela capacidade dos protagonistas de aproveitarem a ocasião e as oportunidades que se lhes apresentam, como bem fez o Pequeno Polegar ao utilizar as botas mágicas do ogro como um instrumento de trabalho e de sobrevivência.

É interessante constatar que, nos dois contos já mencionados, a fome e a morte interagem com o canibalismo de modo a elaborar uma conjuntura irônica, monstruosa e assustadora. Contudo, Robert Darnton chama a atenção para a necessidade de empreendermos hoje uma releitura dos contos maravilhosos, a partir da qual se reconheça o universo faminto já tão distante do que ali é representado. Para ele, a morte por fome e abandono não é mais uma realidade do nosso tempo; no entanto, não temos nenhuma dúvida de que, ao fazer essa afirmação, Darnton não está se referindo aos países pobres e, para nós, brasileiros, é lamentável que tal cenário persista até os dias atuais, tornando desnecessária, portanto, a releitura desses contos para nos reconhecermos como algozes e vítimas da miséria e do abandono da infância, cuja origem remonta à colonização do nosso país.

Soma-se a esta abordagem social uma dimensão psicológica, já bem estudada por Bruno Bettelheim na obra *A Psicanálise dos contos de fadas* (2021). De acordo com o pesquisador, o maravilhoso se apresenta como uma via para o desenvolvimento cognitivo e emocional das crianças. Ao trabalhar simbolicamente com questões que afetam significativamente o universo infantil, os contos maravilhosos ativam a imaginação e promovem relações aprofundadas entre o consciente e o inconsciente, contribuindo sobremaneira para o fortalecimento do eu e das camadas do emocional, descortinando elementos universais do humano. A psicanalista Marie-Louise Von Franz os vê como expressão dos processos psíquicos do inconsciente coletivo e de estruturas básicas da psiquê.

A FORÇA DO MARAVILHOSO E A CATEQUESE

Imbuídos da missão e do desejo de converter os "selvagens", os jesuítas, tão bem representados, em terra brasileira, por religiosos como José de Anchieta e Manuel da Nóbrega, utilizavam, como uma das estratégias de ação, a conquista dos curumins, atraindo as crianças das aldeias por onde passavam. Tal qual a personagem do conto *O flautista de Hamelin* às avessas, os religiosos recrutavam crianças indígenas para a coroa portuguesa, as arrancavam de casa e faziam delas aliadas no processo de catequização dos pais; ao mesmo tempo em que solicitavam ao rei que lhes mandassem, de Portugal, órfãos para ajudá-los com a catequese infantil – promovendo, desta feita, o encontro entre abandonados dos dois continentes.

Anchieta, por sua vez, se utilizava da mitologia indígena para criar suas peças teatrais, onde o bem era representado pelo maravilhoso cristão (o miraculoso) e o mal pelo maravilhoso dos indígenas. Essas peças, conhecidas como Autos, eram apresentadas às crianças indígenas, que, sob a guarda dos padres, aprendiam a rejeitar e a desrespeitar a mitologia dos próprios pais. Este posicionamento depreciativo em relação à cultura indígena, como explicito, por exemplo, no *Auto de São Lourenço*, de José de Anchieta, parece ter sido corrente, pois o padre jesuíta Antônio Ruiz Montoya contou à Coroa portuguesa que, na tentativa de afastar os curumins da cultura nativa, obrigou, certa vez, um velho feiticeiro, "muito acabado e meio troncho", a dançar na frente da meninada. As crianças o ridicularizaram e, assim, perderam o respeito por ele. Desta forma, o feiticeiro teve de se contentar em servir de cozinheiro para os padres, perdendo, deste modo, a importante função (que idoso desempenhava) de bruxo da aldeia:

> Era um velho feiticeiro chamado Reguacari. Os padres soltaram-no no meio da meninada, que a princípio teve medo; mas pouco a pouco foi passando o medo e por fim de contas todos juntos atiravam-se para a banda delle, acometeram-no, deram com elle no chão e maltrataram de todos os modos. (Anchieta, 1988, p.56).

O processo de cristianização e, consequentemente, de aculturação dessa terra se deu por intermédio de um embate na esfera do maravilhoso. As manifestações do maravilhoso indígena foram sequestradas pelos jesuítas, que, em constante processo de sincretização, iam, a passos largos, descaracterizando-as. As danças, os jogos, as crenças serviam de pretexto para inculcar nas crianças indígenas um maravilhoso cristão. *Jurupari*, mito indígena, foi então sincretizado como diabo e ridicularizado em festas cristãs. Logo, as máscaras e todos os apetrechos desse mito foram perdendo a função e o respeito.

No entanto, apesar da força aplicada na dominação de base catequética, felizmente o maravilhoso indígena não foi derrotado e comparece em muitos contos e lendas que traduzem os anseios e conflitos das comunidades indígenas.

O MARAVILHOSO REVISITADO

O mundo de ponta-cabeça que aparece em inúmeros contos maravilhosos não seria, também, uma tentativa de negar uma realidade por vezes muito dolorosa? Os seres maravilhosos, quando arautos do bem, assumem papéis de salvadores das personagens, retirando-as de situações que, no universo real, não teriam saída. Desta forma, os motivos das narrativas maravilhosas se apresentam em constante diálogo entre a vida e o sonho, "entre a vontade de viver e o medo de morrer, ou entre a vontade de morrer e o medo de viver" (Mesquita, 1987).

A literatura cria diversas realidades e, muitas vezes, se torna profética. No entanto, não se pode negar a aproximação entre a realidade dos grupos sociais e as narrativas populares que acompanham o homem desde o início do mundo. É, portanto, uma atividade atávica, carregada de força de vida e de morte, já que

> por mais inventada que seja a história, esta terá sempre, e necessariamente, uma vinculação com o real empírico vivido, com o real da história. O enredo mais delirante, surreal, metafórico estará dentro da realidade, partirá dela, ainda quando pretende negá-la. (Mesquita, 1987, p.15).

Até mesmo as análises que, em primeiro lugar, enxergam nos contos vestígios de ritos e mitos de sociedades primitivas podem nos ajudar a relacionar esse motivo à trajetória social e econômica dos povos. Vladímir Propp (1997) também deixa claro que, mais importante do que investigar a realidade histórica de cada conto, é o estudo da gênese dessa história. Apesar disso, ele admite que aos motivos primordiais podem ser incorporadas novas práticas culturais e, consequentemente, novos contextos, uma vez que o conto maravilhoso se apresenta em constante movimento.

O maravilhoso só se instala mediante alguns pactos estabelecidos com o leitor. Assim, a expressão "era uma vez" já antecipa temporalmente que haverá um deslocamento para uma outra ordem, diferente desta que habitamos. Muitas vezes, leitores e ouvintes dessas narrativas desejam fugir da vida cotidiana e serem transportados a um mundo construído pelo desejo. As personagens – fadas, bruxas, príncipes, princesas, crianças, duendes, deuses, entre tantos outros – habitam um mundo cujas fronteiras estão bem protegidas do que se costuma determinar como racionalidade. Trata-se de um mundo cuja ordenação é aceita de modo incondicional. Ali, milagres, metamorfoses, atributos mágicos, encantamentos e seres dotados de superpoderes tem amplo trânsito, sem que suscitem qualquer interrogação no âmbito do verossímil.

Outro pacto a ser considerado na compreensão do maravilhoso relaciona-se ao ideário cristão em narrativas nas quais a intervenção divina se manifesta. A irrupção de um anjo, por exemplo, na ordem cotidiana não surpreende nem os leitores e nem o narrador. O que está em jogo em tais narrativas é a fé, mesmo que o leitor e o narrador não tenham testemunhado a operação divina e só tomaram contato com ela através de antigos relatos. Não há espaço para dúvida e tampouco para a contradição. Não causa espanto que Jonas seja engolido por um enorme peixe, sobreviva no interior do animal por três dias e saia ileso graças à operação divina. Todo o sentido da história concentra-se no maravilhamento que esta operação divina desperta e no sentido de proteção que ela suscita.

No paganismo, o maravilhoso também se manifesta. Nas épicas, insere-se através da ação de deusas, deuses e animais mitológicos, por exemplo, de forma a promover uma interação muito clara entre os humanos e os não-humanos, criando zonas de livre transição e hibridismos. No desenvolvimento da narrativa da *Odisseia* de Homero, por exemplo, encontram-se inúmeros ocorrências do maravilhoso. São episódios que apresentam encantamentos, feitiços, bruxas e metamorfoses, como a que promoveu Circe ao transformar os marinheiros de Ulisses em porcos.

UMA CONCLUSÃO

Para o encerramento da incursão no universo do maravilhoso, é importante começar sublinhando o caráter ontológico das narrativas maravilhosas. De diferentes formas, elas colaboram para uma compreensão da existência humana além dos limites impostos pela realidade e pela racionalidade, porque oferecem estímulos para sonhar, imaginar e, sobretudo, ampliar capacidades sensoriais necessárias à empatia.

Cabe também lembrar que as narrativas maravilhosas despertam o desejo de aventura, atiçam a curiosidade ao mesmo tempo que avisam de perigos e demonstram que ardil e sagacidade são poderosas "armas" contra as forças despóticas. Como investem de forma intensa na ação, já que tudo ali é movimento, vinculam a vida à energia cinética e promovem desenvolvimento de percepções diferenciadas sobre o tempo que controla à existência humana, estabelecendo, assim, interessantes veios comunicativos com a Física.

A moral, o didatismo e o maniqueísmo tão marcantes, especialmente, nas narrativas maravilhosas preservadas pela oralidade, suscitam questões éticas e estéticas, quando adequadamente problematizadas. As oposições entre belo e feio, bom e mal, honesto e desonesto, fraco e forte, astúcia e integridade, responsabilidade e negligência relativizam-se diante das situações adversas e da imperativa luta pela sobrevivência, atenuando as dicotomias tão fossilizadas.

Enfatiza-se que o maravilhoso se projeta na direção oposta ao conceito de realidade e de habitual. De um lado, eventos que parecem violar as leis do nosso mundo e que rompem com a lógica da racionalidade abrem o caminho para a manifestação do maravilhoso em diferentes gêneros textuais. Neles, resta ainda enfatizar as marcas do simbólico, do alegórico e da metáfora. Se as narrativas maravilhosas tiram partido de elementos carregados de significações ligadas às potências da vida e da morte – varinha de condão, castelo, sapatos, maçã, espelho, floresta, entre outros –, promovem a imaginação e a reflexão do leitor no sentido de entender e conhecer as questões inerentes à existência humana, como, por exemplo, nas formas de lidar com o vício e as virtudes, com o bem e o mal. Em resumo, os mecanismo de representação – alegoria, metáfora e símbolo– reafirmam a tradição, reúnem e criam pertencimento cósmico. Nessa direção asseguram a permanência de crenças, ritos e comportamentos.

Contudo, há que se levar em conta também a dimensão do sujeito, as crenças que professa, a cultura em que se insere e o conjunto de conhecimento pautado na subordinação da condição humana a uma energia de efeito positivo ou maléfico.

Já as mudanças impetradas nos contos de fadas podem ocorrer no enredo, nas personagens típicas do gênero, na localização espacial, nas transformações sociais, históricas e tecnológicas. Os traços do maravilhoso também se adequam aos novos tempos assim como os objetos mágicos ganham novos formatos, afirmando que o maravilhoso jamais se cristaliza, mostrando-se poroso às contingências.

Do ponto de vista didático, nunca é demais lembrar que o prazer da leitura se realiza de forma lenta e cotidiana, e não pode prescindir da apreciação dos textos, da habilidade de julgá-los, seja do ponto de vista emocional, estético ou ético. A leitura dos contos maravilhosos há de privilegiar práticas inclusivas que busquem dinamizar diferentes pontos de vista de uma mesma história, de respeito a pensamentos divergentes e do compartilhamento de ideias, com vistas a um desenvolvimento integral da pessoa humana. Para tanto, as narrativas maravilhosas permitem que novas gerações acionem a instância da imaginação e compreendam que nem sempre o racional é suficiente para ordenar a existência humana. O maravilhoso pode ser ainda um dos caminhos para encontrar soluções inusitadas ao viver e buscar novos modos de habitar a Terra.

AS BRUXAS

Georgina Martins

Precisamos da miragem para sermos capazes de atravessar o deserto.

(Provérbio árabe)

A crença em bruxas é quase tão antiga quanto a nossa existência na face da Terra, visto que o homem sempre acreditou no mágico, no que não se pode explicar pela razão. Tal atitude, muito provavelmente, teve origem na pré-história, pelo simples fato de, na época, não se ter recursos para compreensão dos fenômenos naturais e os desastres por eles provocados, como terremotos, vulcões em erupção, ciclones etc. Para vários arqueólogos e historiadores, uma das explicações para os desenhos encontrados nas cavernas que remontam ao homem pré-histórico tem como base a crença de que, ao desenhar um animal sendo caçado, o pintor/caçador exercia seu poder sobre esse animal e sua caçada teria êxito. Essa maneira de interpretar o mundo ganhou o nome de pensamento mágico, e está presente até hoje, em pleno século XXI, em todas as culturas.

A palavra bruxa tem origem incerta, mas é muito provável que seja proveniente de alguns dos dialetos ibéricos, e não do latim, pois, se assim fosse, ela também estaria presente no francês e no italiano, o que não acontece, uma vez que, na língua francesa, o vocábulo correspondente é *sorcière* e, na italiana, *strega*.

Há historiadores que defendem que a primeira aparição de bruxa se deu entre os sumérios e babilônicos, na figura de *Aradat* ou *Lilitu*, que seria um espírito feminino, frio e estéril, dotado de asas, com pés e mãos em garras, seguido por corujas e leões. Essa espécie de bruxa movia-se velozmente durante à noite, soltando uivos estarrecedores, seduzindo homens adormecidos ou bebendo-lhes o sangue.

Na Antiguidade clássica, as bruxas, também conhecidas como feiticeiras, tiveram seus primeiros registros na literatura do século V a.C., por um dos mais importantes poetas de Roma, Quinto Horácio Flaco, cuja obra abrange do gênero lírico ao satírico. A sátira foi muito explorada no tempo de Horácio, época em que os desmandos, as atrocidades e a corrupção dos imperadores e políticos eram criticados e ridicularizados pelos poetas. Além disso, as mulheres também eram lembradas nos poemas, ora como musas, ora como figuras cruéis, assassinas, falsas e libidinosas. E é como vil assassina que Horácio vai se referir à Canídia, a primeira bruxa retratada pelo poeta. Uma mulher poderosa que matava animais e crianças para retirar-lhes o sangue, que seria utilizado na fabricação de diversos filtros mágicos. Alguns deles eram utilizados para manter a juventude eterna e a beleza, outros para a conquista de amores.

Além de Canídia, Horácio se refere a outras bruxas, como Veia, Folia e Medeia. Mulheres más que traziam os cabelos sempre soltos e desgrenhados. Medeia, por sua vez, ficou famosa pela tragédia de Eurípides, que se inspirou no mito da mulher que matou seu irmão para fugir com o amante, mas que, ao ser traída pelo amado, resolveu matar os filhos que com ele tivera para fazê-lo sofrer.

Medeia, filha de Eetes, rei da Cólquida, e neta do Sol, também serviu de inspiração para o poeta romano Ovídio, nascido no ano 43 a.C. Em sua obra *Metamorfoses*, Ovídio narra o poder que Medeia tinha de envenenar as pessoas manipulando ervas, o poder de agir sobre a natureza, dominando mares encapelados, rejuvenescer velhos decrépitos, adormecer feras, como o dragão de três línguas que velava a árvore de ouro. Medeia surge na literatura como mulher muito temida.

Não podemos nos esquecer de Circe, a poderosa feiticeira que transformava em animais os homens que chegavam a sua ilha, como os da expedição de Ulisses, que ela transformou em porcos, como consta no Canto X da *Odisseia*, e só não conseguiu fazer o mesmo com Ulisses porque Hermes lhe deu uma planta de nome *moly* para ser colocada na bebida que a bruxa lhe ofereceria. Há suspeitas de que essa planta fosse o alho. É provável que a crença de que o alho espanta vampiros tenha vindo daí.

A crença nas bruxas e nos seus malefícios era tão disseminada no império romano que a magia passou a ser proibida na tradição jurídica latina com a criação da Lei das XII Tábuas, que previa severas punições a quem a infringisse

Como se pode observar, as bruxas estão no mundo há mais tempo do que imaginamos. Nesse sentido, pelo menos para o Ocidente, podemos pensar em Canídia, Medeia e Circe como matriarcas de todas as bruxas que virão depois.

É preciso destacar que as mulheres tidas como bruxas na literatura romana eram representadas ora como jovens sedutoras, ora como velhas decrépitas e sempre com cabelos soltos e desgrenhados, unhas grandes e sujas e almas maléficas. Estereótipos que vão ser largamente utilizados pelos tribunais da Inquisição e pelas histórias populares, como os contos de fadas.

Esse período histórico narrado até aqui foi um tempo em que a crenças dos homens era politeísta, ou seja, eles acreditavam em vários deuses; no entanto, com o passar dos séculos, mais precisamente no século IV, início da Idade Média, aquela parte do mundo, Grécia e Roma, se tornou cristã, momento em que o politeísmo deu lugar ao monoteísmo, e a crença em um único deus passou a ser obrigatória.

Acontece que, a despeito do desejo e da imposição dos poderosos, tanto a cultura quanto a crença religiosa não se submetem a leis e decretos; sendo assim, o monoteísmo e o politeísmo tiveram que conviver durante toda a Idade Média, apesar dos conflitos. No entanto, diferente do que comumente se propaga, a caça às bruxas não se proliferou na Idade Média, mas sim na Idade Moderna, na época do Renascimento, também conhecido como século das luzes, ou seja, século XV, quando se deram as grandes descobertas e as grandes navegações, período em que se propagava a saída do mundo da escuridão e da ignorância. No mínimo uma grande contradição política e religiosa, pois queimar seres humanos, principalmente mulheres, com a justificativa de que estavam sob o poder do Diabo, não condizia com as propostas iluministas do período.

Apesar de na Idade Média a religião oficial ser a cristã, o povo praticava suas crenças e rituais sem grandes problemas, e só por volta do século XIII é que o cristianismo começou a se preocupar demasiadamente com aqueles que não professavam os dogmas da Igreja, os chamados pagãos e ou hereges.

Na Inglaterra, por exemplo, diversos fatores contribuíram tanto para a disseminação da crença nos poderes das bruxas quanto para a perseguição cristã que elas sofreram. A situação de miséria da época obrigava as pessoas a viverem aglomeradas, o que favorecia a propagação de doenças, como a peste e a hanseníase. Nesse sentido, o fanatismo religioso, o medo das doenças e dos incêndios, comuns naqueles ambientes, faziam com que o imaginário popular atribuísse todos os infortúnios às práticas de bruxaria e às forças maléficas.

Sabemos que a maioria das acusações de bruxaria recaíram sobre as mulheres, mas homens e até crianças também foram perseguidos e condenados pelos inquisidores. Eram várias as acusações: causar danos físicos, transformar-se em animais ou, ainda, matá-los; roubar, matar e cozinhar crianças em caldeirões; impedir que as vacas produzissem leite; causar doenças; preparar filtros contra o envelhecimento e copular com o diabo. Acreditava-se até mesmo que o olhar das bruxas era capaz de provocar o mal. Essa suposta aliança entre a bruxa e o diabo constituiu a principal acusação do cristianismo, que também passou a perseguir judeus e hereges.

No ano de 1484, surge uma bula papal contra a feitiçaria, escrita por Inocêncio VIII, a *Summis desiderantes affectibus*, e então o papa encarrega dois inquisidores de atuar com severidade contra a bruxaria. São eles Heinrich Kramer e Jakob Sprenger, que alguns anos depois publicam um tratado sobre o assunto, o *Malleus Maleficarum*, conhecido como *O martelo das feiticeiras*. Nesse livro, eles ensinavam como reconhecer as bruxas, como interrogá-las e submetê-las à tortura para que confessassem que tinham um pacto com o demônio.

Desse modo, entre os séculos XVI e XVIII, tanto no mundo católico quanto no protestante, proliferam as mais cruéis formas de torturas, os enforcamentos e as fogueiras. Lutero chegou ao ponto de definir as mulheres acusadas de bruxaria como prostitutas do diabo. Eram acusadas de roubar crianças no berço, roubar leite, provocar tempestades, cavalgar em bodes e fazer inúmeras outras coisas que a imaginação fértil e pérfida permitisse. Uma perseguição que não se restringiu somente à Europa. Nos Estados Unidos, conhecido na época como Nova Inglaterra, em 1692, ocorreu o célebre massacre de Salém, em que mulheres e homens foram condenados à forca por acusação de bruxaria. Há um filme, de 1996, muito interessante sobre essa história, no qual podemos comprovar a avalanche de denúncias falsas motivadas por brigas entre vizinhos, amores não correspondidos etc.[1]

No *Martelo das feiticeiras* há passagens que superam a mais inacreditável das ficções que alguém já foi capaz de produzir, e o mais incrível é que o livro se tornou uma espécie de tratado ou manual de caça às bruxas.

No entanto, é importante ressaltar que não só os tribunais da Inquisição se regozijavam com a condenação de mulheres e homens à fogueira ou à forca: o frenesi da população não apenas incentivava, como muitas vezes chegava a constranger juízes que se recusavam a sancionar os vereditos dos inquisidores, como North, presidente do Supremo Tribunal da Inglaterra, que admitiu ter sancionado a condenação de três mulheres inocentes em Exeter, no ano de 1628. O irmão do juiz registrou que:

> É raro que uma pobre velha seja levada a julgamento por esse motivo, mas nos seus calcanhares vem uma ira popular que faz pouco menos que exigir que ela seja morta; e se um juiz é claro e aberto a ponto de declarar-se

[1] *As Bruxas de Salém*, direção de Nicholas Hytner.

> contra essa ímpia opinião do vulgo, de que o próprio diabo tem o poder de atormentar e matar crianças inocentes, ou de que ele gosta de divertir-se com o queijo, a manteiga, os porcos e os gansos das pessoas de bem, e erros semelhantes da ralé ignorante e tola, os rústicos (os que julgam) gritam que esse juiz não tem religião, pois não acredita em bruxas. (Thomas, 1991).

Diante disso, podemos concluir que as bruxas também se constituíam em objeto de ódio de seus vizinhos, que não hesitavam em submetê-las a "atos informais de violência", apoiando inteiramente os tribunais da Inquisição; e, mesmo quando o julgamento oficial deixava de condená-las, o sentimento popular contra elas perdurava por muito tempo, com linchamentos periódicos, principalmente nas zonas rurais.

Nessa época, espalhavam-se boatos de que as bruxas não poderiam cortar os cabelos e que, à luz do sol, seus corpos não faziam sombra, e que elas tampouco derramavam lágrimas. Houve até panfletos espalhados alegando que o mais correto era queimar os corpos das bruxas, único modo de impedir a hereditariedade, coisa que o enforcamento não fazia.

Muito tempo depois, antropólogos modernos que estudaram povos considerados primitivos, observaram que havia uma diferença entre bruxaria e feitiçaria, pois a bruxa era aquela que havia nascido com alguma marca, algum traço fisiológico que, se não fosse aparente, poderia ser descoberto na autópsia. Ser bruxa era um ato involuntário, e seus poderes eram exercidos por meios ocultos, sem necessidade de palavras, ritos ou poções. Eram atos puramente psíquicos, ao passo que a feitiçaria era deliberada, pois o feiticeiro era aquele que agia utilizando algum tipo de apoio técnico. Qualquer pessoa poderia se utilizar de feitiçaria, bastava que conhecesse as fórmulas corretas. Essas diferenças foram descritas pelo antropólogo E. E. Evans-Pritchard no tempo em que estudou os Azandes, grupo étnico do norte da África Central. Estudo realizado nos anos 1920, um passado nem tão distante assim.

É interessante pensar no porquê de as bruxas serem representadas por mulheres velhas, encarquilhadas e muito feias. Para Silvia Federici, autora de *Mulheres e caça às bruxas*, essa representação advém de uma questão econômica e social, pois o fim do regime feudal e o advento do capitalismo levaram os camponeses à miséria extrema, sendo as mulheres as principais vítimas, pelo fato de muitas delas terem perdido os maridos nas revoltas populares e, consequentemente, perdido as terras de onde retiravam seus sustentos. Desse modo, muitas foram obrigadas a se prostituírem, a se juntarem com as hordas de mendigos que viviam da caridade alheia ou a trabalharem muito mais para sustentar suas proles. Nestas condições, o envelhecimento físico era acelerado, sobretudo porque o trabalho era árduo; logo, essas mulheres eram vistas como pobres, velhas e feias. Porém, se analisarmos essa representação à luz do pensamento de Freud, podemos interpretar que essa representação da bruxa, na cultura ocidental, tem a ver com o fato de que o envelhecimento do corpo assim como sua decomposição temporal são responsáveis pelo sentimento de repulsa, principalmente porque nos deixam mais próximos da morte, diferente de quando se olha um corpo jovem. Tanto uma interpretação quanto outra deixam muito claro que mulheres pobres, mulheres velhas, ou as velhas e pobres, até hoje sofrem com a exclusão que as sociedades impõem a elas.

BRUXAS NO BRASIL Expulsos pela fé cristã, o Diabo e as Bruxas se mudam para o Brasil. Era essa a história que os colonizadores catequistas contavam sem nenhum pudor a fim de convencer os indígenas, sobretudo as crianças, de que o Brasil precisava do cristianismo, que o povo carecia de fé. Frei Vicente de Salvador chegou ao cúmulo do delírio quando inventou que houve uma peleja entre Deus e o Diabo para nomear nossa terra: Deus queria que fosse Terra de Santa Cruz ou de Vera Cruz, mas o Diabo insistia que fosse Brasil, porque aqui existia uma madeira vermelha, o pau-brasil, madeira da cor do inferno. Depois de muita desavença, o Diabo venceu, e por isso nosso território estava fadado a ser a terra do Diabo.

A crença no imaginário maravilhoso europeu – bruxas, diabos etc. – trazida pelos colonizadores, aqui se misturou com os mitos indígenas, dando início a uma cultura sincrética. José de Anchieta, Manuel de Nóbrega e frei Vicente de Salvador foram, sem que essa fosse a intenção deles, os principais responsáveis por esse sincretismo religioso. O que, no entanto, ocupava as mentes desses senhores da Igreja era a catequese de toda a população do Brasil, uma vez que estavam dispostos a expulsar toda sorte de bruxaria que diziam encontrar em terras brasileiras. Nóbrega chega a descrever um ritual indígena à luz do sabá europeu.

> Acabando de falar o feiticeiro, começam a tremer, principalmente as mulheres, com grandes tremores em seu corpo, que parecem demoninhadas (como de certo o são), deitando-se em terra, escumando pelas bocas, e nisto lhes persuade o feiticeiro que então lhes entra a santidade; e a quem isto não tem-lho mal. Depois lhe oferecem muitas coisas e em as enfermidades dos gentios usam também estes feiticeiros de muitos enganos e feitiçarias. (Souza, 1993).

À medida em que nas terras brasileiras vão aportando mais europeus e Portugal começa a oferecer, aos hereges e bruxas, a troca das fogueiras e do enforcamento pela moradia definitiva no Brasil, além do sequestro dos negros africanos para serem escravizados, aumentando com esse contingente a mão de obra da colônia, o sincretismo religioso e cultural expande-se em proporções incalculáveis, o que vai dar origem às diversas crenças e práticas, como benzeduras, feitiços de cura, adivinhações, feitiços de amor, dentre outros. Esses rituais eram relatados aos padres encarregados de investigar tais denúncias, ato denominado de "Visitação", e os condenados aqui eram encaminhados para os tribunais do Santo Ofício em Portugal.

No ano de 1543, ocorreu a primeira denúncia, que se tem registro, aos tribunais inquisitoriais. Pero de Campo Tourinho, dono de uma das Capitanias Hereditárias, foi denunciado aos tribunais de Lisboa porque não respeitava os dias santos. Foi levado do Brasil pelos portugueses, mas não foi enforcado, nem queimado. Recebeu uma pena mais branda em função de os tribunais da Inquisição ainda estarem se estabelecendo naquele momento.

Várias foram as "Visitações" realizadas no Brasil, principalmente no Recife, Bahia e Rio de Janeiro. A historiadora Laura de Mello e Souza relata vários casos de homens e mulheres acusados de bruxaria, como a negra Luzia, cuja fama era a de "usar pós, unguentos, ossos, caveiras, raízes, folhas etc". Em função dessas práticas a pobre Luzia foi açoitada dentro de uma capela por um missionário. Em Ouro Preto, Florência do Bonsucesso seduzia os homens para que a usassem sexualmente; para isso, ela teria em casa "uma criança mirrada da qual retirava carne seca e reduzia a pó" para usar em seus encantamentos. O negro Mateus também mantinha com ele "uma criança mirrada que tinha sido embruxada (mumificada) e metida em um surrão". E como não poderia deixar de acontecer, muitas mulheres escravas foram acusadas de matar os filhos das senhoras dos engenhos e de roubar-lhes os maridos por obra de feitiçaria.

Apesar de no Brasil não ter havido um tribunal da Inquisição como no resto da Europa, o pânico de serem denunciados aos inquisidores e, consequentemente, levados ao tribunal em Portugal, fazia parte do cotidiano dos brasileiros naquele período. Os documentos com o número de mulheres e homens condenados pela Inquisição no Brasil estão armazenados na Torre do Tombo em Portugal, e registram mais de mil pessoas, contudo deve haver muitos processos que se perderam no trânsito entre Brasil e Portugal.

E AS BRUXAS SE MUDAM PARA OS CONTOS DE FADAS

No final do século XVII, a perseguição às bruxas começa a arrefecer. Toda crença em bruxaria, portanto, passa a ser reconhecida como superstição, e o imaginário popular vai dar conta de criar as lendas e seus enredos, que vão habitar os contos populares. Desse modo, literatos e pesquisadores saem em busca das histórias que o povo contava.

A partir dessas narrativas orais, o francês Charles Perrault, o italiano Giambattista Basile, os Irmão Grimm, Andersen e mais alguns menos conhecidos, vão compilar suas histórias e publicá-las em forma de livros.

Na França, o literato burguês Charles Perrault, assíduo frequentador das festas do palácio de Luís XIV – mais conhecido como rei Sol, como gostava de ser chamado – passa a contar suas histórias para as damas da corte. Sua primeira publicação desses contos se deu em edição manuscrita com encadernação luxuosa em 1695, e foi dedicada à *Mademoiselle* Isabel Carlota de Orleans, sobrinha do rei. Essa edição foi assinada por Pierre Darmancour, filho de Charles Perrault, o que provocou certa polêmica, pois todos reconheciam a mão de Perrault na narrativa. Até hoje pairam dúvidas se pai e filho organizaram juntos a coletânea intitulada de *Contos da Mamãe Gansa*, popularmente conhecida como contos de fadas. São histórias tradicionalmente orais, recolhidas do universo popular, cuja autoria é inteiramente desconhecida.

Ao mesmo tempo, na Itália, Giambattista Basile, editor e filólogo da corte, publicava o seu *Pentamerone* ou *Contos dos contos*, resultado de sua pesquisa na região de Nápoles. A opção de Basile por manter o tom chulo, erótico e grotesco das histórias certamente contribuiu para que seu livro não tivesse direito ao rótulo de contos de fadas, como tiveram os de Perrault, o dos Grimm e Andersen; apesar de o crítico italiano Bendetto Croce considerar o livro de Basile uma obra-prima dos contos de fadas populares.

Tanto nos contos de Perrault, quanto nos de Basile, as mulheres velhas e más se fazem presentes. No conto *A bela adormecida no bosque*, recolhido por Perrault (mais tarde também pelos Irmãos Grimm), a oitava fada, que não havia sido convidada para a festa de batismo da princesa, é representada como uma velha ressentida e má, que vai se utilizar dos seus poderes para tentar matar a princesinha. Muito embora no conto ela seja descrita como fada, suas características e seus poderes maléficos correspondem aos das bruxas que descrevemos até agora. Essa é uma versão muito diferente das outras, considerando que a princesa, depois de acordada pelo príncipe, casa-se com ele e tem um casal de filhos. Quando o príncipe viaja, ela precisa se esconder com suas crianças porque a sogra quer comê-los. Seria a sogra outra bruxa?

Na tradução do francês, dos contos de Charles Perrault, publicado no Brasil em 2018 (Ribeiro), consta uma observação da aristocrata Madame de Murat muito interessante sobre o sincretismo entre bruxa e fada:

> Senhora, as antigas fadas, vossas antecessoras, não passam hoje de engraçadinhas diante de vós. Suas ocupações eram baixas e pueris, só se divertindo com as servas e as amas. Todo seu trabalho consistia em varrer bem a casa, pôr a comida no fogo, tratar das crianças [...] e os efeitos mais consideráveis de sua arte culminavam em fazer chorar pérola e diamantes, assoar esmeraldas e cuspir rubis. Sua diversão era danar ao luar, transformar-se em velhas, em gatos, em macacos para amedrontar as crianças. Por tudo isso o que nos resta hoje de seus feitos e gestos são apenas os *Contos da Mamãe Gansa.* Elas eram quase sempre velhas, feias, malvestidas e moravam mal; fora Melusina e uma meia dúzia de suas semelhantes, todo o resto era composto por mendigas. (p.288).

No conto *As fadas*, a filha boazinha de uma mãe invejosa e má recebe como presente de uma pobre velhinha, por ela ter lhe ajudado a beber água em uma fonte, o dom de soltar pedras preciosas e diamantes sempre que falava alguma coisa, momento em que o narrador de Perrault informa aos leitores que a velha era uma fada que havia se transformado em velha para testar a menina. A mãe da menina, com inveja, manda a outra filha, a má, ir até à fonte, mas dessa vez a velha aparece em forma de princesa e a menina, além de negar-lhe água, a trata mal e recebe como castigo o dom de a cada palavra proferida soltar serpentes e sapos pela boca. Mais uma vez a figura da velha pobre aparece, mas em alternância com a beleza e altivez de uma princesa, o que nos permite concluir o amálgama entre fada e bruxa.

Na mesma edição francesa dos contos de Perrault há uma informação de que as narrativas populares francesas sofreram influência das narrativas napolitanas, recolhidas por Basile, como a história *Sol, Lua e Talia*, a bela adormecida italiana. Assim como a história francesa, o rei, pai de Talia, chamou os sábios e os adivinhos para prever o futuro da princesa, e ouviu que ela corria grande perigo por conta de uma felpa (farpa) de linho. Desse modo, o rei proibiu que em seu castelo entrassem o linho e o cânhamo, mas, como nos contos populares ninguém escapa do seu destino, Talia avista uma velha com uma roca tecendo linho e vai até ela. Encantada com o movimento do linho sendo tecido, a moça tenta imitar a velha, mas uma felpa entra em sua unha e ela cai morta no chão. O rei, desesperado, pegou a filha no colo e a colocou sentada num trono de veludo, fechou as portas do palácio e o abandonou por não aguentar ver a filha morta.

O restante da história se passa como a da princesa francesa, com a diferença de que Talia estava morta; mesmo assim ela foi fecundada por um rei que passava pelas redondezas. Esse nem a beijou, foi logo às vias de fato. Porém, como não temos espaço aqui, nem é esse o propósito desse livro, não tem como contar o final da história, apenas ressaltar que é a figura de uma velha feiticeira que vai interferir no destino da personagem.

No *Conto dos contos*, há muitas histórias em que mulheres velhas e más e feiticeiros e adivinhos são determinantes para o enredo, como em *As duas Pizzelle, Os três reis animais, A Serpente, A velha esfolada, O Mercador, A Gata Borralheira*, e muitas outras.

No século XIX, na Alemanha e na Dinamarca, os Irmãos Grimm e Charles Andersen publicam seus contos. Os Irmãos Grimm, grandes pesquisadores do folclore alemão, depois de recolher, catalogar e editar, publicam em 1812 a primeira versão dos contos intitulada *Contos infantis e domésticos*, ou *Contos infantis e do lar;* Andersen publica *Os contos de Andersen*, mas diferente dos outros pesquisadores e compiladores, ele inventou mais do que compilou as histórias, e as recheou com o folclore local.

A presença de bruxas também é marcante nas narrativas do dinamarquês, como em A

Polegarzinha, A Sereiazinha, O menino mau, Os cisnes selvagens, A rainha da neve, O monte dos elfos, dentre outras. No entanto, algumas de suas bruxas não são caracterizadas como velhas, mas sim como mulheres bonitas e más. No conto *Os cisnes selvagens*, cuja história também é compilada pelos Grimm, a protagonista da narrativa é amarrada e colocada em praça pública para ser queimada na fogueira, uma menção explícita à Inquisição. Diferente dos outros compiladores, Andersen foi bastante influenciado pelo cristianismo, o que, em nossa opinião, fez com que praticamente toda sua obra reproduzisse uma moral cristã, muitas vezes beirando à pieguice e ao didatismo.

Quanto aos Irmãos Grimm, é importante destacar que, dentre os compiladores, eles foram o que mais estudaram as narrativas populares, pois tinham um interesse genuíno em recolher e preservar o folclore nacional. Jacob e Wilhelm Grimm formaram-se em Direito, mas, por falta de trabalho na área, tiveram que trabalhar com os pesquisadores Achim von Arnim e Clemens Brentano, que, na época, estavam editando um livro de contos populares.

Nos contos dos Grimm há bruxas boas e bruxas más, além de madrastas que ocupam o lugar de bruxas, como no conto *Branca de Neve.* Na história da

Bela Adormecida, quem satisfaz o desejo da rainha de ter uma filha é um sapo, animal reconhecido por ser usado pelas bruxas em suas poções. Além disso, no dia do batizado da princesa, o rei e a rainha convidaram doze mulheres sábias do reino, apesar de haver treze. A justificativa do rei é que ele não possuía treze talheres de prata. Não há menção alguma às fadas, logo podemos entender essas mulheres sábias como feiticeiras.

Outro conto também muito diferente é o da *Gata Borralheira*, pois não há fadas, nem bruxas, mas sim pombas mágicas que ajudam Borralheira. Nessa versão, tanto a madrasta quanto as irmãs são castigadas no final. Nesse conto, é a própria Borralheira quem comanda o seu destino, e, pelo fato de se comunicar com os animais e ser ajudada por eles, nos indica que é uma sábia feiticeira, que entende a linguagem dos animais – e não a menina bobinha e sofrida das outras versões.

Outro conto que merece destaque é *Os sapatos gastos de dançar*, uma história de um rei que tinha doze filhas e toda noite, na hora de dormir, ele trancava a porta do quarto para que elas não saíssem. No dia seguinte, porém, ele via que os sapatos delas estavam gastos. O rei anunciou no reino que aquele que descobrisse como era possível que as princesas gastassem os seus sapatos sem sair do castelo, poderia escolher qualquer uma delas para se casar. Vários pretendentes tentaram e nada descobriram, até que um deles, auxiliado por uma velha que encontra na estrada e que lhe dá uma capa da invisibilidade, conseguiu descobrir que as filhas do rei saíam do quarto para dançar em um castelo subterrâneo com doze príncipes. Elas fugiam por um buraco no chão embaixo da cama da irmã mais velha. Esta história apresenta uma referência explícita ao sabá das bruxas.

Muitos outros contos dos Grimm também têm a presença de bruxas, como *João e Maria, Os doze irmãos, Irmãozinho e Irmãzinha, Rapunzel, As três fiandeiras, Os sete corvos, os seis cisnes, As verduras maravilhosas, As três irmãs etc.* Basta que nos dediquemos a pesquisar sobre o tema que encontraremos um vasto material.

Ainda que nosso tempo seja reconhecido pelo avanço da ciência e da tecnologia, não é difícil nos depararmos com crenças e narrativas cotidianas de fazer inveja ao mais inventivo dos escritores. Narrativas, que do ponto de vista da imaginação, nem mesmo a inteligência artificial será capaz de superar.

AS FADAS AINDA ESTÃO POR AQUI...

Armando Gens

Se alguma ilha fosse encantada – disse eu comigo – seria esta. Ela é a guarida das poucas fadas gentis que ainda restam do naufrágio da raça. Serão delas esses túmulos verdes? Ou abandonam elas suas doces vidas, como a humanidade a sua?

(Edgar Allan Poe)

As fadas habitam o universo dos contos maravilhosos. Por isso, dificilmente colocamos em questão a existência delas e de suas ações. Configurando-se como personagens de ficção, tradicionalmente atuam como coadjuvantes e são dotadas de poderes mágicos para satisfazer desejos e realizar metamorfoses. Além de diversificarem suas aparições, pois podem atuar em textos literários destinados ao público adulto, mostram-se receptivas a transformações com a finalidade de atender às demandas da renovação, sem que percam o DNA.

No âmbito da literatura endereçada a crianças e jovens, é possível identificar inúmeras retomadas e (re)criações do perfil das fadas legitimado pela tradição. São variantes que abrangem a caracterização física, os traços psicológicos e o código de ética da personagem. Não conseguindo escapar das decisões do mercado e da sociedade que regulam os textos produzidos para o público infantil e juvenil, a personagem pode ainda vir a ter a essência remodelada para contemplar orientações pedagógicas, religiosas e morais.

É importante destacar que existe, por parte de alguns escritores, uma excessiva preocupação em subverter a imagem de fada. Tentando estabelecer uma ponte – nem sempre comedida – entre a personagem e o universo do leitor, certas narrativas permitem entrever que a fada se converte em um material que a indústria do livro infantojuvenil recicla com frequência. Em outras palavras, recriam-se personagens a partir de parâmetros e exigências mercadológicas, o que pode resultar "em mera manipulação e elaboração excessiva de material antigo, engenhosa e insensível" (Tolkien, 2006). Contudo, existem exceções, nas quais se encaixam as obras que ultrapassam as molduras impostas pela tradição dos contos de fadas, sem comprometimento da função "eucatastrófica" (*Idem*): uma espécie de reviravolta que desencadeia um sentimento pungente naquele que ouve ou lê um conto de fadas. Por isso, convém saber distinguir a mera maquiagem da reinvenção.

Muitos contos de fadas, destinado ao público infantil e juvenil, recriam com propriedade o perfil de fada consagrado pela tradição europeia. Dentre as muitas variáveis, uma significativa interferência se faz notar: a personagem deixa de ser coadjuvante e assume o papel de protagonista. Na representação legitimada pelas narrativas tradicionais, as fadas geralmente se apresentam circunscritas às histórias dos outros – reis, rainhas, príncipes, entre tantos – e dedicam-se à realização dos desejos e ao cuidado daqueles que estão sob sua responsabilidade. Já no protagonismo a elas concedido, as fadas conquistam autonomia existencial que lhes permite decidir sobre seus próprios destinos. Ao propor um conjunto de traços emancipatórios para as personagens, as narrativas apostam firme em singularidades, desregulações e questões de gênero, povoando o imaginário social com significativas imagens da diferença.

Diante de tal conjuntura, depreende-se que a ordem sociopolítico-cultural adquire relevância, quando se tem em vista compreender as mudanças aplicadas ao perfil de fadas propagado pela tradição oral. Se, em tempos imemoriais, as fadas tinham por missão serem provedoras do bem e solucionarem conflitos de diversas naturezas, no escoar do tempo, exigências atualizadoras começaram a clamar por transformações, de forma que as fadas passaram a se ocupar de seus próprios dramas e a lidar com a falibilidade que as afeta na condição de protagonistas.

Em sentido amplo, as fadas, na mitologia europeia, ligavam-se aos ciclos de vida e morte, às estações da natureza, às florestas, aos riachos, às montanhas, às ações provedoras, à realização de desejos inalcançáveis, ao milagre e aos ritos encantatórios. Elas tinham o saber de se metamorfosearem e podiam ficar invisíveis. Ora como menina, ora como mulher jovem ou idosa, ora com asas ou destituídas delas se caracterizavam como seres epifânicos. Muitas vezes, dotadas de uma aparência diáfana, traziam com elas artefatos mágicos: uma varinha de condão ou um poderoso anel. Vale ainda salientar que a fada se configurava como ser de escuta, colocando-se a serviço do dever e da satisfação de desejos alheios. Nos perfis renovados, tais características mostram-se propensas a transformações.

Não se pode esquecer que as configurações de fadas absorveram valores do ideário cristão. Embora elas tivessem sido consideradas malignas por esse mesmo credo, entregaram-se à prática de um ideal de caridade embebido no cristianismo, dedicando-se a prover mulheres, homens e crianças, assim como a protegê-los de agentes maléficos que trouxessem ruína, desavença, infortúnio e caos. Por outro lado, a relação das figurações de fadas com o ideário pagão evidenciou laços de parentescos com figuras da mitologia grega. Parcas, Sibilas, Moiras não só acentuaram a caracterização das fadas como senhoras que manejam destinos humanos, mas também potencializaram ambivalências, outorgando às fadas o direito de serem boas ou más. Logo, a rede de ambivalências permitiu que as ações encantatórias realizadas pelas fadas se trocassem pelas das bruxas, segundo se observa nos pares opositivos que se seguem: proteger/abandonar, salvar/condenar, favorecer/desfavorecer, auxiliar/atrapalhar, resplandecendo arquétipos da Grande-mãe, da Madrinha e da Madrasta.

A concepção maniqueísta que dinamiza o contraste entre perfis de fadas e bruxas de igual modo se revela na linguagem cotidiana, nos ditados ou nos anexins, catalisando polarizações. Assim, por exemplo, os vocábulos "fada" e "bruxa" são incorporados ao léxico e surgem em expressões, como: "fada sensata" (elogio; admiração por alguém); "Cá e lá más fadas há" (maldade); "mãos de fada" (suavidade; habilidade de fazer algo); "A bruxa está solta" (situação crítica); "Você é uma bruxa" (desapreço; empoderamento; sedução); e "caça às bruxas" (perseguição sistemática). De acordo com os exemplos mencionados anteriormente, fadas e bruxas atravessam as fronteiras dos contos maravilhosos e deixam suas marcas em enunciados proverbiais e construções populares, assegurando a contribuição do imaginário na linguagem simbólica.

O certo é que as fadas ainda estão por aqui. Marcam presença na linguagem cotidiana, conservam-se viçosas nos contos tradicionais, circulam com vitalidade pelos contos renovados e fulguram em múltiplos formatos e funções no Instagram, no Facebook, no TikTok e no YouTube. Faz-se notar que a relevância do delineamento residiu no esboço de perfis de fadas com ênfase nos traços genéricos (ou genésicos?), nas mutações e nos deslocamentos. As interferências de novos paradigmas e a reflexão sobre o status da personagem-fada ganhou uma abordagem perspectivada, de modo a esbater as fronteiras entre bem e mal e alertar para a importância de se distinguir quando as variações operadas nos perfis das fadas não passam de um mero artifício de maquiagem.

ENDEREÇOS DE FADAS

É de conhecimento geral que as fadas moram em florestas, castelos, árvores ou nuvens. Mas é também consenso que elas, na qualidade de personagens de ficção, podem viver nos livros, nas histórias que eles guardam. Portanto, concebendo o livro como um espaço, foram selecionadas doze obras, sendo que cada título funcionará como se fosse um endereço. A intenção da proposta é observar as fadas em seus respectivos locais de habitação, como também realçar as linhas de força apresentadas no delineamento. Posto isso, seguem os "domicílios" a serem visitados: *Contos azuis* (1936), de Crysanthème; *A fada que tinha ideias* (1971), de Fernanda Lopes de Almeida; *Onde tem fada tem bruxa*, de Bartolomeu Campos Queirós (1983); *Histórias de não se crer (1987)*, de Lia Neiva; *Uxa, ora fada, ora bruxa* (1985), *A fada Sempre-Viva e a galinha-fada* (1990) e *Fada Cisco quase nada* (1992), de Sylvia Orthof; *A fada enfadada* (1989), de Marco Túlio Costa; *Bruxinha 1* (1989) e *Bruxinha 2* (1990), de Eva Funari; *Fadas, dragões e princesas nem tanto* (1991), de Marion Villas Boas; *A fada inflada* (2015), de Luiza Leite e Tatiana Podlubny.

Os critérios utilizados na seleção das obras contemplaram o gênero narrativo, a configuração e as funções da personagem fada, bem como o nível de exemplaridade das obras. Explicitando com maior clareza os critérios, informa-se que as obras escolhidas são contos de fadas que apresentam importantes contribuições para a construção da personagem no papel de protagonista, porque realizam expressivas interferências na figuração das fadas estabelecida pela tradição.

Como produto de uma opinião bem pessoal, afirma-se que grande parte das obras pode ser considerada como verdadeiros clássicos. A exemplaridade que comportam, a grande popularidade de que algumas desfrutam e a primazia do estabelecimento de uma nova mentalidade para contos de fadas destinados a crianças e jovens fazem com que as obras selecionadas sejam reconhecidas como importantes marcos na história da literatura infantil e juvenil brasileira.

VISITA ÀS FADAS

Após listar "endereços" de fadas, o primeiro passo é dar início à visitação dos contos selecionados, com especial destaque para as figurações da personagem. Um exemplo significativo sobre o influxo do imaginário cristão nos perfis das fadas encontra-se no conto intitulado *A fada e o girassol*, de Crysanthème, escritora de franca inspiração d'annunziana. Não poderia ser mais explícita a convergência. Na referida narrativa – uma modulação tropical de *João e Maria* –, a fada, aos olhos de Luciano, o menino perdido na floresta, parece ser "Nossa Senhora" (Crysanthème, 1936).

Em se tratando de reinvenção, a fada incorpora traços que interferem no modelo clássico. Seu visual é tão variado que a identidade da fada se torna cambiável. Em sua primeira aparição, a fada dos campos evoca uma imagem próxima a dos elementais. Irrompe coberta por um manto verde e carrega um girassol como abrigo para se proteger da chuva, demonstrando vínculos com a natureza. Já, na última aparição, ressurge sob a forma de "uma linda mulher, coroada de margaridas silvestres e envolvida em leques de palmeira" (*Idem*). Considerando-se as três referências, as figurações atribuídas à fada divulgam um retrato que transita entre o cristão, o pagão e a tropicalidade, assim como a aproximam de representações comumente atribuídas às ninfas.

Dando prosseguimento às figurações de fadas, coloca-se em evidência a protagonista de *A fada que tinha ideias*: Clara Luz. Ela se exibe como uma personagem rebelde, na medida em que se recusa a seguir os preceitos contidos no antigo e tradicional "Livro das Fadas". Julgando-se que seja um conto-manifesto, a obra recoloca em cena um conflito de gerações que resulta em uma verdadeira revolução. A fada quer autonomia e direito de escolha: duas reivindicações que ganham reforço na evocativa metáfora, "abrir horizontes", utilizada como lema por Clara Luz. A personagem criada por Fernanda Lopes de Almeida "abre horizontes" para experimentações e interferências nos modelos que zelam pela manutenção dos perfis de fadas consagrados pela tradição oral. Em *A fada que tinha ideias*, o caráter renovador manifesta-se nas ações e atitudes de Clara Luz – um símbolo de invenção, de autonomia e de liberdade. Tendo sido publicada nos anos 70 do século passado, é bem provável que a obra haja contemplado pautas do movimento feminista relativas a essa faixa temporal.

Na visita à Griselda, de *Fadas, dragões e princesas nem tanto*, depara-se com uma idosa fada-madrinha, aposentada e portadora de um curriculum vitae invejável. Tendo participado das histórias de Cinderela e Bela Adormecida, quer voltar a trabalhar. Por isso, empenha-se ao máximo para encontrar uma afilhada. Põe anúncio em jornal, percorre diferenciados espaços em busca da sonhada protegida e finalmente realiza, à primeira vista, seu próprio desejo. Contudo, definida como atriz pela afilhada, a dupla começa a participar de programas sensacionalistas, nos quais a fada aposentada, ao ser absorvida pela mídia, transforma-se em mera prestidigitadora.

Nessa história, a questão que mais salta aos olhos diz respeito à falta de espaço para o maravilhoso no mundo. A fada sente na própria pele o desencantamento do mundo. Ela não é mais reconhecida como fada-madrinha, e seus poderes encantatórios passam a ser concebidos como truques de ilusão para animar shows de variedade. À medida que se rompe o pacto com o maravilhoso, um novo pacto se estabelece: o da deterioração do encantamento.

Vê-se que as fadas no papel de protagonistas encaram desafios que as colocam em constantes atualizações. Assim como Griselda, Maria do Céu, protagonista de *Onde tem fada tem bruxa*, de Bartolomeu Campos Queirós, tem obstáculos a enfrentar. Vinda do céu, a fada aterrissa na Terra. Passeando pela cidade, se dá conta de que o mundo mudou e a sociedade desaprendeu a desejar. Diante de tal constatação, decide confrontar os mágicos, representados pelo poder das instituições e da publicidade. Num gesto extremo, admitindo a impotência de suas ações e a desativação de seus dotes no contexto urbano, decide ensinar às crianças que o poder se utiliza da esperança como meio de domesticação. Sendo assim, a fada Maria do Céu encarna o papel de salvadora – uma "ideia vinda do céu" – e toma como missão combater as estratégias da repressão que se apresentam como "bruxas".

Já a personagem principal de *A fada enfadada*, de Marco Túlio Costa, é tomada pelo tédio de viver sempre a mesma história. Num certo dia, conquista a liberdade com um espirro. Salta das páginas de um antigo livro e vai cair bem no meio do quarto de Belinha e Tatá. Logo após libertar-se da história-prisão, começam os problemas. Os tempos são outros. Primeiro, vê-se desempregada. Em seguida, vai perdendo progressivamente os poderes, já que quase ninguém mais acredita na existência de fadas. Depois de muitas peripécias e confusões, desaparece sem deixar especificada a direção que tomou. O que fica dessa visita é que a fada, ao se desencaixar da história em que habitava, não consegue agenciar um religamento, tomando, assim, uma decisão radical: desaparecer.

AMBIVALÊNCIAS E CONTRASTES

Abraçando a ideia de que "onde tem fada, tem bruxa", há que se reconhecer que as bruxas também passaram a ocupar papéis principais em contos infantis e juvenis. Tomaram seus lugares e conquistaram a cena. Na qualidade de protagonistas, há autores que geralmente reservam-lhes figurações gaiatas e ridículas, ou mesmo ambivalentes, quando capazes de praticar tanto o bem quanto o mal. Por certo, a representação bifronte atenua o impacto da maldade e corrói a clássica oposição entre fadas e bruxas.

Torna-se notório que o maniqueísmo presente na oposição entre fadas e bruxas vai sendo matizado. Mediante revezamento, possibilita-se a oscilação do bem e do mal na representação das personagens consideradas oponentes. Com este procedimento, as fronteiras que separavam as adversárias imbricam-se de tal modo que ambas as personagens perdem os traços absolutos que as distinguiam.

Na lista das interferências aplicadas nas representações literárias de bruxas, incluem-se os trabalhos de Eva Funari, em *Bruxinha 1* e *Bruxinha 2*. Tirando proveito da sintaxe dos quadrinhos, a autora coloca em ação, dentro de largos retângulos e amplos quadrados, uma bruxa muito especial. Às vezes de mau-humor, às vezes meiga, vive situações desconcertantes. Em dada sequência, o Baixinho – misto de anão e duende – apara as flores crescidas do chapéu da bruxinha com uma prosaica tesoura. Durante a sequência, a Bruxinha fica tão sem controle da situação que se esquece de utilizar a magia para resolver o problema. Só no quadrinho seguinte é que, se dando conta do lance, reconhece a vergonha que passou. Interessante notar que a personagem se afasta do perfil tradicional da bruxa, uma vez que demonstra ter uma consciência crítica acerca de seus atos ou das situações que a fazem parecer tola, o que não ocorre com frequência nos perfis que seguem um padrão tradicional.

Outro exemplo que ilustra a ambivalência nos perfis de bruxas encontra-se no seguinte endereço: "As bruxas", em *Histórias de não se crer*, de Lia Neiva. Nesse conto, a escritora não só resgata o lado horripilante das personagens, mas também as apresenta como seres capazes de fazer o bem com os conhecimentos de magia que utilizam para enfeitiçar os incautos. São três irmãs – Luciféria, Armodia e Serendipe, a que desejava ser ninfa – que, por um desentendimento familiar, acabam carbonizadas pelo fogo do demônio Satanáquia. Movidas por um sentimento de vingança, destroem-se, comprovando a tese de que o mal pode ser combatido pelo próprio mal.

Em visita a *Uxa, ora Fada, ora Bruxa,* de Sylvia Orthof, repara-se que a autora tira partido da alternância na construção da protagonista. Oscilando entre o bem e o mal, Uxa problematiza os rígidos limites existentes entre bruxas e fadas. Em qualquer posição que esteja, só faz estripulias. O recurso de alternar posições visa a redefinir as noções clássicas de ambas as personagens, assim como coloca em questão os conceitos predeterminados de bem e de mal, encantamento e realidade. Em *Fada Cisco Quase Nada*, Sylvia Orthof oferece ao público uma fada que se configura como um minúsculo elemental doméstico. Nesse endereço, a fada não mais se ocupa de auxiliar nas tarefas domésticas, como era frequente nos contos tradicionais. Em sentido oposto, quando entra em ação, a fada instaura a desordem nos quartos das residências que visita.

Sylvia Orthof, em *A fada Sempre-Viva e a galinha-fada*, retrata uma fada idosa cujos traços são intensificados pelo trabalho do ilustrador Tato. A interferência que mais se destaca fica por conta da substituição da tradicional varinha de condão por um leque. Embora o poder de realizar encantamentos não se altere por efeito da inusitada substituição, o fio narrativo, por sua vez, segue uma rota que termina com uma mensagem de equilíbrio entre bem e mal, empalidecendo concepções absolutas que habitualmente são acionadas pelos contos de fada tradicionais.

UM MOMENTO DE VISUALIDADE

A fada inflada, tão importante quanto as demais obras já visitadas, realça a vigência do protagonismo das fadas no século XXI. Por meio de uma conversa entre a história narrada e a história desenhada, expõe um projeto dinâmico que faz com que os olhos saltitem sobre cada página entre textos e desenhos. Não existe monotonia. Existe o movimento da invenção.

Luiza Leite e Tatiana Podlubny, em *A fada inflada*, concebem um livro que convida a ver e ler o caminho percorrido pela protagonista, Fada, desde o nascimento até as conquistas pessoais que culminam com a descoberta do espaço vazio. Entre os preenchimentos das páginas com desenhos que iluminam o ser-infância, as pinceladas circulares, a prevalência do branco das páginas para materializar afastamento e sumiço, os olhos não perdem de vista o percurso realizado por Fada. Ao recusar o mapeamento do futuro determinado pela Mãe Feiticeira e pelo Pai Mago, Fada toma a decisão de assumir linhas e rotas de seu próprio futuro e, para tanto, deve experimentar dois processos – ficar enfadada e tornar-se inflada – cruciais para a desejada autonomia.

Mais do que um jogo de palavras, os referidos processos conectam-se com o desejo de não ceder a um destino previamente determinado e a coragem de transitar pelo desconhecido, movendo-se sob o efeito da gravitação, em franca vinculação com a leveza e a calma. Mas de repente, a ponta de uma estrela desinfla Fada. Então, ela volta para casa. Em seu retorno, traz o conhecimento do "espaço vazio" que se configura como espaço de possibilidades, onde não existem fronteiras entre, por exemplo, o dever e o prazer.

Ressalta-se que a linha ganha fundamental importância nos desenhos que iluminam *A fada inflada*. Seja como elemento metafórico em referência à linha da vida, seja como elemento dinâmico e sinalizador de direção, a linha desenha as regulações, a liberdade, os volteios, o deslocamento que estão presentes na trajetória de Fada. Nos desenhos, empregam-se formas geométricas que transmitem emoções e sentimentos empáticos. Por isso, na configuração da protagonista, o emprego do círculo e do triângulo se destaca e sugere, de acordo com o plano da psicologia das formas, continuidade, expansão, princípio feminino, evolução, magia, criatividade, vitalidade e evolução, entre outros sentidos possíveis. Fica a questão: "Existe uma geometria das fadas?".

HORA DA DESPEDIDA

As visitas às fadas comprovaram que, na qualidade de criações literárias, boas ou más, elas continuam a povoar o universo dos contos e da cultura infantil e juvenil, a despeito dos aparatos da cosmética ou das transformações essenciais. Pode-se observar que as fadas aqui emolduradas ganham novas configurações que incidem na aparência, nas questões de ordem existencial, na perda do poder de encantamento, ou, ainda, no âmbito de suas atribuições.

É importante ressaltar que o tédio sentido pelas personagens decorre de uma visível tensão entre a rotina e o anseio por mais novidade, assim como o cerceamento da invenção também as leva a buscar mais autonomia e liberdade. Sublinha-se que quando situadas no espaço urbano, os poderes mágicos das fadas mostram-se inúteis, porque se transformam em números de prestidigitação e chegam até a desaparecer. Cabe anotar que, as florestas ou o céu fortalecem as fadas, enquanto as cidades as despojam, justamente porque se definem como espaços de descentralização e desfiguração.

Detecta-se ainda que o apagamento das fronteiras entre bondade e maldade relativiza as oposições e cria zonas de ambivalência, responsáveis por um toque de humanidade na concepção das protagonistas. Pelo viés das fadas, convém sublinhar que a corrosão do caráter maléfico e atemorizante das bruxas se atenua mediante o efeito causado pela caricatura, de modo que o riso prepondere sobre o temor.

Como se pode comprovar, quando alçadas à categoria de protagonistas, as fadas rompem com a imagem consagrada pelos contos clássicos, promovem críticas e reflexões sobre o mundo contemporâneo e sobre as questões de gênero, tal qual defendem a invenção e a autonomia de ser. Fica patente nos retratos de fadas que foram visitados que as personagens deixam o conforto das florestas, a segurança das antigas histórias e a limitação dos compêndios de mágicas com a finalidade de realizarem uma busca voltada para a dimensão existencial, uma espécie de viagem metafórica em franca relação com a ultrapassagem. O fato é que as fadas aqui visitadas, na qualidade de protagonistas, enunciam reivindicações da ordem dos feminismos, de sorte que seus dramas e anseios, ao demandarem autonomia e invenção, abrem vacância no gerenciamento dos fios de destinos alheios.

O PERCURSO DOS MONSTROS NA LITERATURA INFANTIL E JUVENIL BRASILEIRA

Alexandre de Castro Gomes

O que sai dos limites do ordinário não é sistematicamente "horribilis", "rabiosus", nem recebe qualificativos da mesma ordem. Pode acontecer que um monstro se distinga pela beleza [...]. Portanto, a monstruosidade situa-se nos extremos tanto do Belo quanto do Horrível.

(Claude Kappler)

Ao longo da literatura infantil e juvenil do século XX, os monstros foram tratados como meros elementos decorativos do texto, inimigos poderosos, protagonistas de histórias e até como aliados dos mocinhos, entre outras atribuições. Este ensaio tem como objetivo fazer uma reflexão sobre a sua importância para o entendimento do percurso da produção da literatura infantil e juvenil do país. São consideradas, para o trabalho, criaturas do maravilhoso que se destacam pelo seu aspecto físico, incluindo aquelas do folclore nacional, como o Curupira, a Iara e o Lobisomem, seguindo o conceito da medievalista francesa Claude Kappler de que o monstro é um desvio da norma, um dessemelhante.

Se formos buscar o significado etimológico da palavra "monstro", veremos que ele pode ter ligação com três origens diferentes:

> Etimologicamente, a palavra "monstro" provém do latim *monstrum*, evoluindo para o francês antigo em *monstre* e para o *Middle English* em *monster*, significando, originariamente, um "presságio divino ruim", um "agouro". O termo também se relaciona aos verbos latinos *mostrare*, "mostrar", como um "sinal" ou "mensagem divina", e *monere*, "advertir", "prevenir"; nessa última

> acepção, geralmente sobre algo desastroso vislumbrado de forma praticamente profética. (Messias, 2016, p.55).

Os três significados originais podem ser relacionados ao monstro que conhecemos hoje. *Monstrum*: um agouro, ou uma previsão de algum acontecimento ruim. Há criaturas que representam acontecimentos futuros. A caveira encapuzada da Morte, por exemplo, é sinal do fim da vida. O batuque em troncos e sapopemas do Curupira pode ser indício de alguém perdido na mata. Um redemoinho no mar pode ser indício de naufrágio pelo Kraken. *Monere*: os mesmos exemplos servem para a advertência. *Mostrare*: esse é talvez o significado mais interessante dos três. Afinal, o que se mostra por intermédio do monstro? Há monstros que representam a maldade, o antagonista a ser vencido. Outros, como veremos mais adiante, são monstros na forma, mas carregam características positivas, gigantes do bem cujo poder é referendado pelo tamanho. Por fim, há os monstros que nos revelam a nossa própria feiura. A criatura de *Frankenstein* é um deles. O monstrinho do livro *Agora não, Bernardo!*, de David McKee, é outro. Nessa última obra, um menino tenta conquistar a atenção dos seus pais, que nunca têm tempo para ele. Até que ele é devorado por um monstro.

Os pais não percebem e passam a tratar o monstro como se fosse seu filho. Mas seria aquele o filho transformado em monstro? Tanto o livro quanto os monstros admitem muitas leituras.

Os primeiros registros de monstros na cultura cristã-ocidental são encontrados na *Bíblia*. Lá estão descritas criaturas como o beemote, o leviatã, o nefilim, gafanhotos gigantes de Abaddon, o dragão, bestas de diversas formas e o próprio Diabo. No entanto, foi só na Idade Média que os monstros passaram a ser analisados mais de perto. Embora suas figuras fossem consideradas desvios da norma, eles eram encarados com naturalidade, como parte da população do mundo. Aceitava-se que sua existência ocorria por vontade divina. O pesquisador Jorge Fernando Barbosa do Amaral, em sua tese de doutorado, analisa a existência do monstro dentro de um sistema social e refere-se a uma afirmação de Claude Lévi-Strauss que ratifica essa perspectiva:

> A construção de uma realidade cultural, política, ideológica e até mesmo estética tem, como princípio básico, a observação e valorização do universo do próprio grupo construtor do discurso, e tudo o que se encontra fora dessas fronteiras é encarado como algo anormal e monstruoso. Segundo Claude Lévi-Strauss, "a humanidade acaba

> nas fronteiras da tribo, do grupo linguístico, por vezes mesmo, da aldeia". (1952, p.21, *apud* Amaral, 2015, p.14).

Para melhor entendimento da configuração dos monstros na literatura infantojuvenil brasileira, analisaremos a sua participação em algumas obras publicadas e as tendências da caracterização destas personagens em cada um dos três períodos estipulados pela professora, pesquisadora e ensaísta Nelly Novaes Coelho (2006): o período Pré-Lobatiano (1808-1919), o período Lobatiano (1920-1969) e o período Pós-Lobatiano (a partir de 1970 até o final do século XX).

PERÍODO PRÉ-LOBATIANO (1808-1919): Os primeiros livros para crianças publicados no Brasil foram a tradução de *As aventuras pasmosas do Barão de Munkausen*, de Rudolf Erich Haspe, em 1814, e *Leitura para meninos*, de José Saturnino da Costa Pereira, em 1818 (Zilberman, 2016). O livro de Haspe apresenta os primeiros monstros da literatura impressa aqui e dirigida aos mais jovens brasileiros, entre eles um peixe gigante, capaz de engolir uma frota inteira de navios, e os habitantes da Lua, como os abutres de três cabeças e os homens com cabeças que soltam do corpo e podem ser carregadas debaixo do braço. Ambas as obras foram distribuídas gratuitamente. A venda de livros para a infância do país passou a existir a partir do século XIX e, segundo Susana Palermo de Souza (2017), abordava tanto o ensino escolar, foco principal de editores como o português Francisco Alves, quanto a literatura de ficção de entretenimento, publicada também pelas editoras Garnier, Laemmert e Quaresma, entre outras. Os livros lançados por aqui eram quase todos traduções de obras europeias de autores como Charles Perrault, Madame D'Aulnoy, Cônego Schmid ou os irmãos Grimm, além de traduções de obras escritas originalmente para adultos, como é o caso de *Robinson Crusoé*, de Daniel Defoe.

Em 1886, pela Laemmert, Julia Lopes de Almeida e a irmã Adelina Lopes Vieira lançaram *Contos infantis em verso e prosa: adaptados para o uso das escolas primárias do Brasil*. O livro não traz narrativas com monstros, mas aborda o maravilhoso no texto "As duas fadas", que conta a história das fadas Beleza, que é má, e Bondade, que é boa, comprovando que o maravilhoso e a literatura escolar não se opunham.

Em 1890, Luiz Leopoldo Fernandes Pinheiro organizou a antologia poética *Musa das Escolas*, uma coleção de poemas de poetas brasileiros e portugueses do século XIX, desta vez direcionada às crianças, e publicada pela Garnier. O livro contou com a participação de autores do naipe de Fagundes Varella, Arthur de Azevedo, Casimiro de Abreu, Gonçalves Dias, Machado de Assis, Adelina Vieira, Quintino Bocayuva e Mello Moraes Filho. Entre os textos que abordavam o maravilhoso nessa obra estão "O vizir", do fluminense Luiz Nicolau Fagundes Varella, que mencionava um gênio da floresta, e "A caipora" e "Uyáras", de Alexandre José de Melo Moraes Filho, que apresentavam as criaturas Caipora e Iara, porém bem diferentes das que conhecemos hoje.

Na década dos anos noventa, no século XIX, a Livraria Quaresma juntou-se ao escritor Alberto Figueiredo Pimentel e lançou a coleção Biblioteca Infantil, que iniciou com a publicação, em 1894, de *Contos da carochinha*, livro descrito como de contos populares morais e proveitosos de vários países, traduzidos e recolhidos diretamente da tradução oral. Esse pode não ter sido o primeiro livro direcionado às crianças, mas foi provavelmente o primeiro livro de literatura para fruição que procurou abrasileirar as histórias, seja por meio da troca de nomes, de adaptação de cenários ou pelo uso de animais conhecidos pela população local. O segundo livro da coleção, organizado por Figueiredo Pimentel,

Histórias da avozinha, foi lançado em 1896 e apresentou algumas criaturas bizarras, desde o dragão, de "O Sargento verde", o gigante Barraguzão, de "O anjo da guarda", até o pequeno diabrete negro, de "O moleque da carapuça dourada". *Histórias da baratinha*, de 1896, também de Pimentel, foi o terceiro livro da coleção, que, no final, contou com doze volumes, alguns de autores diferentes.

Contos da carochinha é usualmente considerado o ponto de partida das publicações para crianças brasileiras fora do contexto escolar. Tanto que em 1994, os Correios lançaram uma quadra de selos comemorativos, ilustrados pelo artista Rui de Oliveira, comemorando o centenário do primeiro livro infantil no Brasil. Se formos considerar este o marco oficial, os monstros apresentados em *Contos da carochinha*, embora tenham origem estrangeira, podem ser considerados os primeiros da literatura nacional para as infâncias que não foi produzida visando unicamente às compras escolares. O livro abre com "Os três cães", uma história de um dragão medonho, com o corpo escamoso, grandes asas, garras mais duras que o ferro e a língua flamejante. A ilustração mostra ainda um bico semelhante ao das grandes aves de rapina. Entre os outros contos há mais um dragão, três gigantes, três diabos, um demônio, uma "fera" falante e inteligente, um boneco de cera falante e um menino do tamanho de um polegar.

Em 1898, Figueiredo Pimentel lançou Histórias de fadas, pela editora Francisco Alves. É curioso, pois ele havia acabado de publicar seus três primeiros livros da coleção Biblioteca Infantil da Livraria Quaresma e escreveu este outro, de estilo similar, pela editora concorrente. Sorte para os leitores, que puderam apreciar novas e mais completas versões de algumas histórias antes publicadas pelo autor no livro *Contos da carochinha*, de 1894. As histórias de "O gato de botas" e "O pequeno polegar" são bem parecidas com as que Pimentel publicou para a Quaresma, a diferença está na alteração do antagonista. Em ambos os casos, os gigantes foram substituídos por lobisomens. Em "A bela adormecida do bosque", Pimentel, que antes terminara a história com a princesa sendo acordada pelo príncipe, dessa vez nos apresenta a segunda parte do conto original, em que a mãe do príncipe, da família dos "lobisomens", tenta devorar a nora e os netos, Aurora e Sol. Em *O chapéosinho vermelho*, a menina Marieta vai visitar sua avó, a Fada dos Jasmins. No caminho encontra um lobo com cara de gente (eis o monstro). No final, a fada, antes escondida, salva Marieta e pune o lobo, enchendo-o de busca-pés presos ao corpo. O animal, no desespero para apagar o fogo, se joga em um poço e morre afogado. Na versão do autor para *Contos da carochinha*, avó e neta são salvas pelo caçador.

A troca do antagonista pelo lobisomem nas histórias citadas logo acima pode ser mais uma maneira de abrasileirar esses contos, uma vez que o lobisomem era figura conhecida dos brasileiros. De acordo com Arlette Bouloumié, tal alteração mantém a intenção original da história, já que o lobisomem, assim como o diabo, a feiticeira e o monstro, são todos desdobramentos do ogro/gigante:

> Os desdobramentos do ogro: o diabo, a feiticeira, o lobo, o monstro [...] O último avatar do ogro é o lobo, o animal feroz por excelência na Europa, cuja boca com dentes pontudos rasga suas presas e espalha terror. A imagem do lobo, como a do ogro, está ligada à floresta, à solidão, à fome. O discurso do lobo do *Chapeuzinho Vermelho*, "É para melhor te comer", poderia ser o de um ogro de ávidos dentões. Uma versão italiana do *Chapeuzinho Vermelho* mostra, por sinal, uma ogra cujo rabo trai sua natureza não humana. O lobo está associado, como o ogro, às potestades da morte: Anúbis, deus egípcio psicopombo, tem a forma de um cão selvagem. (Bouloumié, 2000, pp.755-6).

O abrasileiramento dos contos de tradição europeia, iniciado por Figueiredo Pimentel, se repetiu em outras publicações de autores diferentes. Em 1906, Mme. Chrysanthéme, ou Cecilia Moncorvo Bandeira de Melo Rebelo de Vasconcelos, lançou *Contos para crianças por Chrysanthème*, quando apresentou um dos primeiros monstros da literatura infantil imaginados por autores brasileiros, o Urubucaru. Apesar de baseado na Fera, de *A bela e a fera*, o Urubucaru tinha, além do nome abrasileirado, características próprias. Segundo a narração, "é uma figura meio animal, meio humano, coberto de pelos amarelos da cabeça aos pés. De sua boca saía uma fumaça nauseabunda, que tonteava. Os olhos, porém, eram bons." (Vasconcelos, 1906).

As histórias criadas por Vasconcelos tinham fortes influências europeia e religiosa. Muitas giravam em torno de reis e princesas, algumas facilmente identificadas com contos de fadas clássicos, outras tinham santos católicos como personagens. Em *Contos para crianças por Chrysanthème* (1906) e *Contos azues* (1910), há diversas histórias com criaturas maravilhosas: feiticeiras, dragão, fadas, o próprio Diabo, um Santo Antonio com poderes mágicos, sereias, princesas do tamanho de um polegar, exército de esqueletos, a Morte, o monstro Urubucaru, gigantes... A capa do primeiro livro traz ainda uma enorme serpente cuspidora de fogo, ilustrada por Julião Machado, possivelmente o primeiro monstro retratado em capa de livro infantil de autoria brasileira, e que, curiosamente, não está em nenhuma história da obra.

Em 1907, Julia Lopes de Almeida lançou *Histórias da nossa terra*, em que há um conto sobre o gigante Brasilião, um homem muito grande, com a cabeça do tamanho da copa de uma árvore e a voz que fazia a terra tremer, poderoso, rico, com a cor da prata, que parecia ser feito de neve e de sol. No final, descobrimos que o tal gigante é a Pátria. Brasilião nada mais é do que uma analogia ufanista:

> A noção de gigantismo está próxima da de excesso; portanto, está estreitamente ligada à monstruosidade. Contudo, o que sai dos limites do ordinário não é sistematicamente "horribilis", "rabiosus", nem recebe qualificativos da mesma ordem. Pode acontecer que um monstro se distinga pela beleza [...], portanto, a monstruosidade situa-se nos extremos tanto do Belo quanto do Horrível. (Kappler, 1993, p.310).

A recente independência do Brasil influenciou a criação de uma literatura nacional, com apelo ufanista. No caso da literatura para os jovens, havia uma ligação com a escola e forte caráter didático. A literatura do período pré-lobatiano é largamente baseada nessa mentalidade.

Em 1908, Viriato Corrêa e João do Rio publicam *Era uma vez: contos para crianças*. Nesse livro, surge um conto em que o Sacy-Saperêrê é descrito como uma criatura mágica, feia, peluda, com uma perna, um braço, um dente e um chifre. Trata-se de um dos primeiros registros literários do saci, bem diferente daquele retratado por Lobato. É possível que tais características físicas tenham sido inspiradas no *Shiqq* ou no *Nasnas*, criaturas do folclore árabe. O *Shiqq* é um *jinn* de segunda categoria, frequentemente representado como um homem dividido longitudinalmente pela metade. Já o Nasnas, fruto da união entre o *Shiqq* e um humano, aparece sempre como metade de um corpo. O Saci de Corrêa e João do Rio confraterniza com uma criança, mas passa a temê-la quando descobre que, ao soprar as mãos, ela as aquece, enquanto, ao soprar o café, ela o esfria, pois conclui que uma boca que pode esquentar e esfriar é uma boca que pode contar verdades e mentiras.

PERÍODO LOBATIANO (1920-1969): O início do período lobatiano coincidiu com a criação da Escola Nova e ocorreu em uma época de efervescência cultural que se consolidou na Semana de Arte Moderna. Embora fossem contemporâneos e críticos da literatura da virada do século, Monteiro Lobato e os modernistas trilharam caminhos diferentes. Enquanto os modernistas miravam os adultos e buscaram um conceito de nação mais conectada com o mundo, de vanguarda, buscando inovar pela ruptura radical, o autor de Taubaté tinha uma visão mais comercial e de diálogo com o leitor brasileiro. A formalidade da linguagem do período anterior deu lugar aos sotaques e a expressões populares, ainda assim mantendo o caráter educativo dos livros para a infância.

A conhecida série *Sítio do Picapau Amarelo* consiste em vinte e três volumes que chegaram ao mercado brasileiro entre 1920 e 1947. *A menina do narizinho arrebitado* foi o primeiro livro de Monteiro Lobato para crianças e o primeiro da série do Sítio do Picapau Amarelo, mais tarde incorporado na obra *Reinações de Narizinho*. O livro faz parte de uma iniciativa do autor de incluir a criança brasileira e seus costumes dentro da literatura infantil, até então recheada de princesas e reis europeus, palácios e tramas de relacionamentos adultos. Era isso ou histórias de cores nacionalistas e lições de como as crianças deveriam se comportar. Lobato era crítico da literatura ufanista engessada, sem encantos, e da literatura baseada nos contos de fadas europeus, preferindo mergulhar no maravilhoso nacional.

Por falar em maravilhoso, a obra de Lobato é recheada de monstros de todos os tipos. Há aqueles baseados na mitologia grega, outros oriundos dos contos de tradição europeia e, é claro, as criaturas do folclore nacional. Essas últimas são apresentadas ao leitor no livro *O Saci*, de 1921. É nele que Lobato nos apresenta onze seres do folclore e da tradição indígena, muitos até hoje reconhecidos em trabalhos escolares. São eles: o Saci, o Jurupari, o Curupira, a Iara, o Boitatá, o Negrinho do pastoreio, o Lobisomem, a Mula sem cabeça, a Porca dos sete leitões, o Caipora e a Cuca. Alguns desses seres têm parte ativa na história, como o próprio Saci, que orienta Pedrinho e o apresenta aos mistérios da mata, e a Cuca, bruxa com cara de jacaré, que sequestra Narizinho.

Lobato não foi o primeiro escritor a usar os seres do folclore em seus livros. Carmem Dolores, Francisca Julia da Silva, Viriato Corrêa e João do Rio, Melo Moraes Filho e mais alguns poucos já haviam apresentado a Iara, o Lobisomem, o Saci e outras criaturas. No entanto, muito graças ao gigantesco alcance de sua obra, é a partir de Lobato que essas criaturas passam a fazer parte do universo infantil literário.

O livro dos phantasmas, de Viriato Padilha, foi lançado em 1925 e teve uma segunda edição em

1956.[2] No livro, com texto voltado para o leitor adulto ou adolescente, Padilha nos apresenta contos fantasmagóricos misturados com contos da sabedoria popular. Há monstros como a Mula sem cabeça, o Lobisomem e o Caipora (tinha o corpo todo peludo e rosto fechado), além de outras entidades com formas humanas. Nos casos da Mula sem cabeça e do Caipora, os papéis dos monstros são moralistas, castigos sobrenaturais para quem namora com padre ou caça além do limite. Já o Lobisomem de Viriato chama a atenção pelo fato de o homem se transformar em um grande porco feroz, alimentando crendices populares que vieram da Europa.

Em 1926, Gondin da Fonseca lançou *O reino das maravilhas: contos de gênios e de fadas* pela coleção Biblioteca Infantil da Livraria Quaresma. Segundo o próprio autor, vários contos que formam o livro foram imaginados por ele mesmo. Entre eles está *A Iara*. No conto, a mãe do pescador Pedro adoeceu e o médico recomendou vinho fino. O rapaz saiu para comprar, mas para isso precisou cruzar um rio com sua canoa. Na volta, um saci com voz de trovão exigiu-lhe a garrafa. O narrador se referiu também a ele como o capeta. Os dois brigaram por cinco horas e o saci

---

[2] Em 1956 foi renomeado como *Livro dos Fantasmas* e lançado pela Spiker.

fugiu, coberto de sangue e contusões. Surgiu a Iara, sem cauda de peixe, que testemunhou toda a briga. A moça pediu para que Pedro a ajudasse a resgatar a irmã de um rei mago de nome Brutofeio, que a tinha aprisionado há cem anos. O valente herói encarou Brutofeio e quase foi morto na luta, quando o vilão se tornou invisível, mas, com a ajuda da Iara, ele passou a enxergar o adversário e o derrotou. No final, ao voltar para a mãe e antes de casar-se com Iara, enfrentou o Saci novamente e o derrotou mais uma vez.

Em 1945, Francisco Marins lança o primeiro livro da série Taquara-Póca, da Melhoramentos. *Nas terras do Rei Café* apresenta os meninos Dudu, Tiãozinho e Tico-Tico que vivem aventuras para salvar o sítio Taquara-Póca, do avô de Dudu e Tiãozinho. Esse primeiro livro é um bom cartão de visitas da coleção: ambiente rural, crianças, mistérios, sotaque caipira e mergulho no maravilhoso, nesse caso a personificação do café e de outros vegetais. A partir do segundo livro da série, *Os segredos de Taquara-Póca* (1947), um personagem bastante conhecido de todos passa a fazer parte do grupo de amigos: o Curupira. Descrito como "um gurizinho da altura do Tico com cara bronzeada e os pés encurvados para dentro", o duende protetor da mata usava uma estranha coroa de ramos na cabeça. É difícil não fazer uma correlação dessa série com a de Lobato. Afinal, ambas se passam em um sítio, ambas têm um grupo de crianças como protagonistas, ambas têm um burro entre seus animais recorrentes (Burro Falante de um lado e Maracujá do outro), ambas têm um preto velho contador de histórias (Tio Barnabé e Nhô Lixandre) e ambas têm um ser do folclore amigo das crianças (Saci e Curupira). É mais do que uma coincidência, é a comprovação de que a obra de Lobato influenciou e ainda influencia muita gente.

Em 1947, o cônego Luís Castanho de Almeida, sob o pseudônimo de Aluísio de Almeida, lançou o livro *Contos do povo brasileiro*, pela editora Vozes. A obra traz histórias da tradição oral coletadas em São Paulo. O autor, em sua mensagem ao leitor, na página 7, oferece os contos "tanto às crianças, quanto aos grandes por elas responsáveis." Cada uma das histórias traz uma só ilustração, quase uma vinheta, na capitular do texto. Entre os contos que compõem a publicação está "Os caçadores e o Caipora", que narra a história de dois homens que passam a noite na caverna com uma criatura de um só olho. O Caipora mata um deles e o come, mas o segundo caçador cega a criatura e foge. Esse conto remete à história do Ciclope da *Odisseia*, de Homero, que também foi ferido da mesma forma. Outra história na mesma obra é *A velha e o Saci*, que reconta o trecho do livro *O Saci*, de Lobato, quando o tio Barnabé coloca pólvora no cachimbo para pregar uma peça no Saci.

Em 1956, Thales de Andrade lançou *Itaí, o menino das selvas*, um romance juvenil de 234 páginas e capa dura, pela Companhia Editora Nacional, que conta a história de um pequeno indígena que, ao longo de sua vida, se depara com seres encantados da mitologia dos povos nativos. Entre essas criaturas estão a malvada Asa Negra, um vampiro pavoroso com brasas nos olhos e labaredas na boca, enviada por Anhangá; a bondosa Asa Branca, enviada de Tupã; os protetores Curupira (da floresta), Iara (das águas), Boitatá (do fogo), Irapuru (dos pássaros) e Caapora (dos animais). Nessa batalha épica do bem contra o mal, Itaí tenta se aproximar do homem branco que vive fora da floresta e, ao mesmo tempo, luta contra a Asa Negra, que quer transformá-lo em pedra. O monstro que representa o adversário, neste livro, é a temida vampira Asa Negra. Todos os outros estão ali para servir de aliados ao herói nessa epopeia juvenil.

A professora Celia Doris Becker (2001), doutora em Linguística e Letras pela PUC-RS, divide o período lobatiano em duas partes. A primeira, de 1920 a 1949, a segunda de 1950 a 1970. Essa segunda fase do período lobatiano configura-se por tempos políticos um tanto conturbados: a morte de Vargas, a construção de Brasília, a renúncia de Jânio, o golpe em João Goulart, a ditadura militar... Isso acabou afetando as artes em geral, principalmente por causa da censura. As histórias deixaram os campos para ganhar as cidades. A conquista do espaço na década de 1960 abriu novas fronteiras para a literatura. A Edições de Ouro importou histórias como, por exemplo, *Homens-monstros do espaço*, de Jimmy Gueu, lançado aqui em 1960. Os monstros alienígenas se tornaram cada vez mais comuns no imaginário literário.

Em 1967, Lúcia Machado de Almeida lançou *Xisto no Espaço*, relançado depois na coleção Vaga-lume da Editora Ática. Dessa vez Xisto precisou enfrentar um monstro alienígena chamado Rutus. A criatura tinha a pele coberta por pelos finos como os de uma lontra e cabeça de inseto. Os olhos eram múltiplos, complexos, compostos de centenas de pequeninos olhos. Rutus planejava invadir a Terra e era auxiliado por um enorme morcego vampiro e por alienígenas verdes gigantescos, de orelhas pontudas e olhos miúdos e opacos.

Período Pós-Lobatiano (1970-2000): Apesar das tantas obras publicadas até o final da década de 1960, a produção nacional de literatura infanto-juvenil era relativamente escassa, especialmente quando comparada à produção que surgiu a partir da publicação da revista *Recreio*, em 1969, e da Lei 5.692/71, que instituiu a Reforma do Ensino do 1.º e 2.º graus, dando especial relevo ao estudo da língua nacional como instrumento de comunicação e como expressão da cultura brasileira. A partir desses eventos, houve um aumento significativo da produção editorial e, com isso, o surgimento de novos autores.

Sobre a revista *Recreio*, os primeiros números tinham tiragens de 250 mil exemplares e se esgotavam rapidamente. Em entrevista para a Folha de São Paulo, Sonia Robatto, uma das responsáveis pela criação da publicação, disse que no início, quando a revista vendia mal, atingia o número de 120 mil exemplares. A *Recreio* foi uma revista de passatempos para crianças lançada no formato 20,2 x 27,2 centímetros e publicada entre meados de 1969 a meados de 1982. Comparado ao livro, a revista era um meio barato (no início custava 90 centavos) de fomentar a leitura literária pelo Brasil afora. Nos primeiros anos, as edições traziam ao menos uma história literária, que servia de base para as atividades propostas, e um encarte na página central com papel acartonado mais resistente para os brinquedos de montar.

Em 1983, ano seguinte ao término da primeira fase da *Recreio*, a divisão infantil da Editora Abril lançou a revista *Alegria e companhia* e, dois anos depois, a revista *Corujoca*. Ambas foram uma espécie de continuação da *Recreio*, também publicações que giravam em torno de textos literários, com passatempos e assuntos de interesse do leitor. A diferença era que enquanto a *Alegria e companhia* focava nas crianças de três a oito anos, a *Corujoca* mirava o leitor pré-adolescente. As duas revistas subsequentes foram editadas pela equipe coordenada por Waldyr Igayara, que concebeu a *Recreio* com a escritora Sonia Robatto. A *Alegria e companhia* durou oito anos e foi publicada até 1991, enquanto a *Corujoca* só teve seis edições.

Das mais de 450 edições da *Recreio* e das mais de 100 edições da *Alegria e companhia*, foram adquiridos, para esta pesquisa, catorze exemplares que contêm monstros. Ao analisar as catorze revistas, chega-se a uma surpreendente conclusão: quase todos os monstros retratados são bonzinhos, talvez peraltas ou gulosos, mas, no geral, são inofensivos, com exceção do Bicho-papão da Ana Maria Machado, da *Recreio* 417, quando a revista já focava no leitor-criança mais velho. Prova disso é a reportagem sobre as agruras do trabalho infantil nessa mesma edição.

Uma rápida retrospectiva dos monstros utilizados na literatura infantojuvenil, desde o seu início no

Brasil, nos revela que o monstro bonzinho não é um recurso inédito. O sapo gigante de Thales de Andrade, em *A filha da floresta*, o gigante nacionalista de Julia Lopes de Almeida, em *Histórias da nossa terra*, além do próprio saci de Lobato são exemplos disso. No entanto, entre essas obras, havia várias outras que retratavam o monstruoso como o antagonista, o inimigo a ser derrotado, o perigo a ser temido.

Por que os monstros da *Recreio* e da *Alegria e companhia* eram bonzinhos? A não publicação de histórias com monstros malvados pode ser o resultado de uma decisão editorial? A fim de responder essas perguntas, conversei com Sonia Robatto, idealizadora da revista *Recreio*, e com Cristina Porto, coordenadora de redação das revistas *Alegria e companhia* e *Corujoca*.

A entrevista com a coordenadora de redação da revista *Alegria e companhia* nos revela que sim. Havia ordens superiores para que os textos remetessem à alegria, ao riso. O uso da imagem do palhaço, muito utilizado em programação infantil televisiva nos anos 1960 e 1970, reforça essa intenção do departamento editorial.

A outra entrevista, com Sonia Robatto, apresenta uma nova explicação para os monstros bonzinhos da revista. A maldade não estava na diferença, portanto, não era necessário criar um monstro malvado, dessa forma agradando ao editor, que queria suavizar as histórias, e ao autor, que queria ir contra o *status-quo*. Lembremos que era uma época de lutas, quando movimentos em prol das mulheres, dos gays, dos negros e contra a ditadura militar buscavam brechas para se expressar. A revista infantil podia ser um espaço para essas novas ideias, por que não?

Qualquer que fosse o motivo, a onda pegou. A partir da *Recreio*, era cada vez mais comum encontrar monstros simpáticos e fofos nas livrarias brasileiras. Um exemplo foi *A breve história de Asdrubal, o terrível* (1971), de Elvira Vigna. O livro não só apresentava um monstro protagonista, como ele não era esteticamente horroroso, como os que o antecederam. Curiosamente, Asdrubal foi a maneira encontrada para a escritora fugir da censura e explicar o que era a ditadura militar para a sua filha.

Essa tendência dos monstros simpáticos se intensificou no período, com monstros embelezados e/ou dotados de personalidades cativantes.

Mário Lago lançou *O monstrinho Medonhento*, em 1984. A história do monstro com escamas e espinhos, dentes compridos e negros, língua que babava fogo, garras e cauda longa e poderosa é dividida em duas partes. A primeira narra o nascimento e a vida de Medonhento entre os monstros. O autor criou um ambiente terrível, em que o próprio pai de Medonhento planejou sua morte e o expulsou do reino. Um rosário de maldades, com o qual o pequeno e bondoso monstro não se identificava, é desfiado.

Sylvia Orthof escreveu e ilustrou *Cabidelim: o doce monstrinho*, em 1986, quando apresentou uma criatura que morava no armário. A personagem tinha olhos pestanudos, cara redonda, nariz de batata e braços ouvintes e abraçadores no lugar das orelhas. O termo monstro se resume à sua aparência, que fugia aos padrões humanos. Isso porque Cabidelim era muito bonzinho, uma espécie de psicólogo da dona do armário, que chorava por causa de pequenos problemas do dia a dia: um domingo chuvoso, uma vizinha implicante, falta de dinheiro e uma unha encravada.

Em 1993, Eva Furnari lançou *A bruxinha e o Godofredo*, outro monstrinho de aparência inofensiva. Godofredo era um tipo de ogro guloso que tomou posse da varinha mágica da bruxinha e passou o livro inteiro criando coisas para ele comer, às vezes correndo o risco até de se machucar. A bruxinha tentou recuperar sua varinha, mas ele não a devolveu. O monstro aqui representa a criança mimada, que quer as coisas do jeito dela e que acha que pode tudo sozinha. A bruxinha é retratada de forma simpática, embora seja um pouco atrapalhada.

Em 1986, Ziraldo lançou *Além do rio*, uma história que descreve o rio Amazonas de forma literária. No final, descobrimos que o narrador é um marciano bonachão que estava enviando um relatório para o planeta Marte. É possível que haja outros livros anteriores a este, narrados também por monstros. *Além do rio*, no entanto, foi o primeiro que encontrei em minhas pesquisas.

Em 1994, Liliana e Michele Iacocca lançaram *Laura e Leo em: Monstros e fadas*. O livro não tem palavras, só imagens, e apresenta os irmãos Laura e Leo em uma cena do cotidiano. Ambos se prepararam para dormir, leram um pouco na cama e sonharam. Parece simples, mas a mágica está nos detalhes. Leo leu um livro de monstros e Laura leu um livro de fadas. Seriam monstros leitura para meninos e fadas leitura para meninas? Depois que caíram no sono, sonharam com fadas e monstros e os sonhos acabaram se misturando, as personagens do sonho de um invadindo o sonho do outro. Nesse momento as ilustrações não mostram mais os irmãos, só as cenas dentro dos balõezinhos de sonhos. É preciso estar atento à história para perceber a parte mais interessante. Leo, embora tenha lido um livro sobre monstros antes de dormir, era quem sonhava com fadas, até que os monstros de

Laura invadiram seu sono e vice-versa. Uma série de discussões podem surgir daí. Afinal, há diferença entre livros para meninos e meninas? Monstros perigosos atraem só os meninos ou as meninas também? E os contos de fadas servem só para as meninas? Os monstrinhos da história questionam isso tudo.

ANÁLISES DO PERCURSO DO MONSTRO NO BRASIL:

Embora seja impossível identificar o período da publicação através do tipo do monstro, afinal não há uma regra geral, nem linha riscada determinando que, daquele momento em diante, só determinados monstros podem constar nas obras, é possível marcar e analisar as tendências. Não se podia proibir a publicação de livros com gigantes antropófagos nos anos 1930, por exemplo. As datas são simbólicas. Consideremos também que há sempre um período de transição e que os costumes não mudam de um ano para outro.

A partir de *A menina do narizinho arrebitado*, autores passaram a buscar textos literários em maior sintonia com a nossa cultura, com o nosso país. Em linhas gerais, no final do século XIX e início do século XX, os monstros presentes nos livros para crianças e jovens tinham grandes chances de ser oriundos dos contos europeus, como são o gigante, o dragão e o Diabo. O período intermediário foi recheado de histórias que abordavam as criaturas do folclore, abraçando a cultura brasileira tão defendida por Lobato. Isso ocorre principalmente na fase modernista (1920-1945), conforme a divisão cronológica de Marisa Lajolo e Regina Zilberman apresentada no sumário do livro *Um Brasil para crianças* (1993). Já o período pós-lobatiano apresenta essa imagem do monstro simpático, seja por razões moralistas, comerciais ou para afrontar os generais da ditadura militar.

É interessante fazer essa correlação entre os tipos de monstros apresentados nas histórias e o próprio percurso da produção literária para crianças e jovens no país. Podemos, por meio do monstro, entender um pouco mais sobre os aspectos sociais e políticos da época da publicação. No início, eram os monstros clássicos da Europa, parte de nossa herança cultural. Na época da construção da nação, a inspiração vinha dos modelos europeus, desde a arquitetura das novas construções, passando pelo vestuário até o sistema político. Era comum que as pessoas mais abastadas estudassem no velho continente, nada mais natural, então, que alguns intelectuais se tornassem nossos primeiros escritores de literatura infantil e juvenil e adaptassem esses textos vindos de fora.

Depois veio o momento de cortar o cordão umbilical que ainda nos ligava ao império português. Afinal, éramos uma nação republicana e independente. Nosso presidente não fazia parte da realeza de Portugal. Deodoro era alagoano, filho de pernambucano. Voltamos para dentro das nossas fronteiras e redescobrimos os nossos monstros do folclore, muitos de origem indígena, outros trazidos da Europa e da África com os colonizadores, mas ganhando características locais. Outros foram o resultado de um hibridismo, como é o caso do protetor das matas indígenas com o trasgo português e as cores africanas, que se tornou o Saci, ou a Iara como conhecemos hoje, que herdou a cauda da Sereia.

A revista *Recreio* não foi a primeira a apresentar um monstro bonzinho e simpático. Na literatura infantojuvenil brasileira que a precedeu, esse ser já tinha sido apresentado, embora em publicações mais espaçadas. Lembremos que até o Diabo já fez o bem em "O bom Diabo", que Lobato apresentou em *Histórias de tia Nastácia*, em 1937. No entanto, a concentração de monstros bonzinhos aconteceu pela primeira vez nas páginas dessa revista, como foi mostrado nesta pesquisa.

Sonia Robatto me disse, durante nossa conversa, que "nem sempre o feio é mau". Ela está obviamente correta, até porque toda e qualquer beleza é relativa. Podemos discutir a beleza e ter opiniões diferentes acerca dela, mas isso não ocorre em relação à bondade. Sabemos quando alguém é bom porque ele age de acordo com motivações mais nobres, como o altruísmo e a empatia. Foi somente no fim da Idade Média que o monstruoso passou a ser associado ao diabólico, em uma tentativa de encaixá-lo em um sistema maniqueísta e de fácil compreensão. Julgar pela aparência facilita o processo de coleta de informações e análise, mas é um procedimento falho e injusto. Partindo desse princípio, é natural que o monstro possa ser bom, libertando-se dessa imagem negativa.

O monstro como crítica política também esteve presente desde o início do século passado. Cito, como exemplo de cada período, o gigante de João Kopke, em "O gigante e o anão", de *Fábulas para o uso das classes de língua materna*, de 1910; os animais gigantes de Lobato, em *A chave do tamanho*, de 1942, quando ele faz uma crítica à guerra; e o Asdrúbal de Elvira Vigna, em *A breve história de Asdrúbal, o terrível*, de 1971, quando a autora explica a ditadura militar. O uso de metáforas, nesses casos os monstros como representação de momentos políticos, é uma das maneiras mais criativas para explicar episódios ou situações complexas. Não é à toa que a *Bíblia* está cheia delas.

Outra análise interessante é a do antagonismo *versus* protagonismo dos monstros nos livros de literatura publicados para as crianças e jovens no Brasil. É preciso considerar o caminho do monstro, desde seu surgimento como o antagonista clássico dos contos europeus até se transformar no protagonista simpático que surge com a *Recreio*. As primeiras histórias oferecidas para a infância brasileira apresentavam essas criaturas como perigos a serem enfrentados. Era o monstro a ser derrotado pelo herói. O gigante que devorava crianças. O dragão que incendiava aldeias. Toda a criança leitora se via, ou queria se ver, no príncipe, na princesa, no herói, que derrotava tamanho perigo. Isso foi mudando à medida que livros como *Onde vivem os monstros*, lançado por Maurice Sendak em 1963, foram sendo escritos e lançados. Aliás, esse livro é um perfeito exemplo da correlação entre o ser humano e o ser monstro, desvelando traços de um no outro, tratando de temas como raiva, rebeldia infantil e solidão, sem trazer mensagens edificantes ou lições de aspecto moral. Com o passar dos anos, o monstro foi se humanizando e cativando a simpatia do leitor até tornar-se o protagonista de vários livros de literatura infantil e juvenil.

O uso da figura do monstro sinaliza costumes e mudanças culturais ao longo do século passado e mostra quais eram as causas defendidas (a verdade, a honestidade, o companheirismo...) e combatidas (a injustiça, a repressão, o desmatamento...) que tinham certa relevância no universo infantojuvenil. Por vezes repudiado como o disforme, o estranho, o estrangeiro, a configuração do monstro se alarga a uma percepção de que nem sempre ele é o outro, tampouco representa sempre o mal, assumindo o protagonismo nas histórias, o papel de narrador e a possibilidade de ser bom e belo. O monstro habita também o eu.

UMA BREVE ANÁLISE DO MONSTRO NA LITERATURA PARA AS INFÂNCIAS DO SÉCULO XXI:

A literatura infantil brasileira do século XXI se beneficia de algumas mudanças de iniciativa política e social. As crescentes compras de governos abrem as portas para que novas editoras e novos autores sejam inseridos no mercado. As leis 10.639/03, 11.645/08 e 14.986/24, que tornam obrigatórios os ensinos de história e cultura afro-brasileira e indígena e a abordagem das experiências e das perspectivas femininas nos conteúdos escolares do ensino fundamental e médio, influenciam a produção literária do país, ampliando a leitura dessas temáticas.

O acesso cada vez maior à informação, à internet, à influenciadores literários, à *podcasts* sobre leitura, às redes sociais, à clubes de leitura, às oficinas literárias, entre outros, abre possibilidades e oportunidades.

Há, no entanto, o revés. Da mesma forma que esses assuntos sensíveis e necessários são tratados nos livros, outros sofrem uma censura silenciosa, por vezes nem tão silenciosa assim. Citarei aqui brevemente alguns casos que, apesar de não estarem relacionados uns aos outros, mostram uma tendência e ilustram o que afirmei acima. O primeiro diz respeito a uma conversa que tive com a autora Thais Linhares, que me disse ter sido contactada por uma editora de didáticos que pediu a ela para desenhar um saci para um livro deles. Porém ressaltou que a criatura não poderia estar de cachimbo, pois isso seria má influência para a criança. Ora essa, o Saci tem cachimbo, isso é parte de sua lenda. Ele nasce com o cachimbinho e brinca com as brasas passando-as pelo buraco de sua mão furada. Decepar o cachimbo do Saci é descaracterizar a lenda.

Um caso similar a esse, e que tem ligação direta com os monstrinhos simpáticos da revista *Recreio*, foram os curtas-metragens premiados de animação brasileira produzidos pela Multi-Rio entre os anos de 2003 e 2009. Os vídeos contavam as histórias de algumas criaturas do nosso folclore, entre elas o Saci e a Iara, porém com algumas alterações que suavizavam as personagens, desmonstrificando-os. O Saci, por exemplo, se esforça para devolver um brinquedo, além de fumar um cachimbo de bolhas de sabão. Já a Iara não só não afoga e devora o rapaz que entra na água, como se apaixona por ele.

> A crença paternal dominante é que a criança tem que ser poupada daquilo que mais a perturba: as suas angústias sem forma nem nome, as suas fantasias caóticas, enfurecidas, ou mesmo violentas. Muitos pais acreditam que só a realidade consciente ou imagens agradáveis e que satisfaçam nossos desejos devem ser oferecidos à criança – que ela deve ser exposta somente ao lado belo das coisas. Porém, um tal alimento unilateral nutre o espírito também só unilateralmente, e a vida real não é toda bela. (Bettelheim, 2004, pp.14-5).

O terceiro caso aconteceu comigo. Tenho um título com a ilustradora Cris Alhadeff, *Condomínio dos Monstros* (RHJ), que é muito adotado nas escolas. Sou sempre chamado para conversar com os alunos, que me apresentam os trabalhos feitos em cima do livro. Em 2017, fui convidado para visitar uma escola no Rio de Janeiro que havia trabalhado a obra e vi os trabalhos feitos com garrafas *pets*, cada uma representando um monstro diferente. Havia fantasmas, vampiros, Frankensteins, bruxas, sacis e... um boneco de neve do filme *Frozen*. Questionei a professora e ela me disse que o aluno quis fazer um fantasma, mas seus pais o obrigaram a mudar, pois eram de uma corrente evangélica que não permitia que se envolvessem com nada que fosse sobrenatural. Bem, na hora pensei que tudo bem. Deve-se respeitar as crenças dos outros, embora um boneco de neve falante fosse, para mim, mais assustador do que um fantasminha.

Isso me leva ao quarto caso, mas antes um pequeno parêntese: vivemos um tempo de polarização política, com disputas e posicionamentos opostos em quase todos os campos da interação social. Ao optar por um lado, a pessoa é automaticamente considerada em oposição a tudo o que o outro lado defende. Vejamos as igrejas evangélicas, por exemplo. Não digo que todas se colocaram ao mesmo lado do espectro político, mas a grande maioria acompanhou o lado mais conservador. Esse mesmo lado tem imposto diversas censuras a temas da literatura infantil, muitas delas denunciadas e reportadas. Fecho o parêntese.

Em 2019, uma cláusula do edital de contratação de livros do clube de assinatura Leiturinha, o maior do País dedicado a livros infantis, deixava claro que não aceitaria a inscrição, por parte de editoras, de obras que apresentassem "seres mágicos, como bruxas, fadas e duendes, como temática central na história". A repercussão foi negativa e muitos protestos ecoaram nas redes sociais. O Leiturinha terminou por reconhecer o seu erro e publicou uma nota, que dizia: "A intenção da Leiturinha é respeitar a diversidade de crenças, valores e culturas dentro de seleções surpresa enviada para milhares de famílias. Refletindo sobre a questão, foi publicada uma nova versão do edital, com a reformulação desse tópico". Ou seja, como muitas famílias de assinantes eram evangélicas, decidiu-se por censurar o livro antes mesmo dele ser impresso. É verdade que voltaram atrás na decisão, mas é possível que, temendo que isso fosse apenas da boca para fora, muitas editoras mantiveram a censura.

Em resumo, na linha do tempo da literatura infantojuvenil brasileira, além do monstro como antagonista europeu do período pré-lobatiano, da criatura nacional do período lobatiano e do protagonista simpático do período pós-lobatiano, temos o monstro censurado e descaracterizado do primeiro quarto do século XXI.

Resta imaginar o que nos reserva o segundo quarto deste século. O monstro criado pela inteligência artificial, com seis dedos em cada mão[3]? Ou será a própria inteligência artificial o grande novo monstro do século XXI?

---

[3] Contém ironia.

O MEDO E SUAS ESTRANHAS MARAVILHAS

Rosa Gens

O sentimento mais estimulante é o medo, é impensável o pouco que seríamos se não tivéssemos sentido medo. É peculiar ao homem a tendência de sempre se expor ao medo. Nenhum sentimento de medo se perde, mas seus esconderijos são misteriosos.

(Elias Canetti)

Dentre os sentimentos que movem o humano, o medo aparece com relevo. Paixão sempre encontrada nas criaturas, reveste-se de ambivalências, já que tanto pode preservar a vida, sinalizando perigos, como atormentar o vivente, tornando-se uma sombra presente em sua existência. Assume o posto de tomada de consciência de perigos e afeta o ser, causando desconforto. Nos últimos tempos, a humanidade acha-se encurralada em espirais de medo, advindas de intensificação de experiências, do terrorismo, dos não limites do espaço internético, dos vírus mortais, entre outras ameaças.

Em sua *História do medo no Ocidente* 1300-1800, Jean Delumeau aponta os fenômenos da natureza como os principais agentes motivadores do medo nos séculos por ele abordados. As tempestades, a força incontrolável do mar e as tragédias ocasionadas por elementos naturais tornavam o homem inseguro. No entanto, a natureza parecia ter sido domada pelo homem no último século. Nada disso. Continuam a ocorrer catástrofes pelo mundo, incontornáveis e amedrontadoras, causadas muitas vezes pelo próprio movimento humano ao ocupar/usar a Terra.

Na obra *Medo líquido*, o pensador Zygmunt Baumann persegue os mitos e as causas do medo neste século XXI, a partir do conceito de vida líquida. Mostra como os desafios atuais têm tendência a durarem pouco e afirma que, nessa nossa época marcada pelo consumo, o medo é usado e descartado, sempre centrado em mecanismos de aproveitamento dos temores, visando ao lucro. Em um mundo globalizado, o medo do outro, do diferente do eu, assume um posto central. Vivemos numa época em que o susto tem assumido, nos produtos da mídia, contornos de prazer. As satisfações ambíguas advindas do atemorizante ganham cada vez mais espaço nas formas de entretenimento e no terreno da arte. Entenda-se que o medo, na contemporaneidade, pode ser pautado no interesse e no consumo imediato e lucrativo.

Assim, o ser humano, atualmente, está em constante estado de alerta, em que se encontram temores avassaladores provenientes do mundo real. No fundo, a sensação provocada pelo medo, quando pertencente ao mundo ficcional, nos dá a ideia de estarmos vivos, abalados e, ao mesmo tempo, nos faz perceber que o provocador não é "de verdade", que não está acontecendo conosco. Nesse jogo de identificação e catarse, não é difícil entender razões, na produção para crianças e adolescentes, do volume crescente de obras que se embasam no susto. Curiosidade e repulsa brotam do contato com tais obras, em uma espécie de duplicidade emotiva, em que o leitor tem a oportunidade de ter contato com situações em que o amedrontador ocorre e pode ser ultrapassado. Para crianças e jovens, as possibilidades de fortalecer comportamentos e vivências, a partir do acesso à fantasia e ao simbólico, são asseguradas, entrelaçando-se em áreas de experiência que podem ser plasmadas em confiabilidade e potência. Nessa dinâmica psicológica, entende-se que narrativas de horror, de terror, de suspense macabro, de susto são cada vez mais procuradas, com vontade e por prazer. Existem apreensões que vêm do nosso interior, existem as que são motivadas por perigos reais e, ainda, o estímulo que deflagra o medo pode ser uma narrativa escrita, capaz de manter o leitor em estado de alerta e lançar adrenalina em seu corpo, abalando suas crenças, pensamentos, representações. Em suma, agitando as relações entre razão e o que não é racional, causando arrepios. Lembre-se de que horror vem do latim *horrere*, isto é: horripilar, eriçar os cabelos, arrepiar.

EM CENA, O DESCONHECIDO

Nas narrativas que se centralizam no medo, o ângulo mais importante repousa no clima, na atmosfera. O leitor/espectador deve embrenhar-se em um sentimento de profunda apreensão, uma atitude sutil de espera ofegante. E esse sentimento se prolonga nos textos de terror que são muito, muito antigos. O horror cósmico aparece em narrativas do folclore mais remoto; cerimônias de conjuração de demônios são constantes em rituais imemoriais; personagens sombrios de lendas e mitos atravessaram séculos, via tradição oral, e tornaram-se parte do imaginário da humanidade. A sombra que deseja que seus ossos sejam sepultados; o demônio enamorado que vem raptar a amada, ainda viva; o homem lobo, o mágico imortal, foram narrados em antigas civilizações, aportaram e se fortificaram na Idade Média, para continuarem em nosso tempo.

O verdadeiro autor de histórias de medo deve explorar os limites do que as pessoas são capazes de fazer e as fronteiras do que são capazes de experienciar. Adentra os domínios do caos psicológico, desertos emocionais, traumas psíquicos, abismos abertos pela imaginação, histeria e loucura, elementos que se situam na divisa do bárbaro. As narrativas de terror muitas vezes apresentam imagens e figuras de caos e sofrimento. Lidam com o maravilhoso e com a fantasia, fortificam-se com estratégias de suspense e arrebatam o leitor pelo inesperado.

Afinal, qual o maior medo do humano, ou melhor, qual o medo que abarca todos os outros? Certamente o do desconhecido, e o maior desconhecimento do humano é a morte. Todos os medos derivam dessa apreensão essencial, que ronda tanto crianças quanto adultos. O tema transita pela arte, e, se é certo que um dia todos morreremos, ao vermos a morte representada e questionada, muitas vezes, temos a ilusão de que podemos ao menos conhecê-la.

São muitas as narrativas cuja temática é a morte. Angela Lago, em *De morte!* situa pelo viés humorístico o centro do tema. Também em *Sete histórias para sacudir o esqueleto* e em *Sete casos de assombração*, a autora retoma casos do folclore e os afina na pauta do assustador. Câmara Cascudo recolheu muitas histórias que giram em torno da morte, reunidas em *Contos tradicionais do Brasil*. Neil Gaiman, em *Coraline*, apresenta duplicidades que se mesclam ao criarem situações espectrais e atemorizantes. Wolf Erlbruch, em *O pato, a morte e a tulipa*, recorre ao lirismo para abordar o tema de forma inusitada. E muitas outras obras seguem nesse veio, que já foi tema-tabu para crianças, indesejado por jovens e adultos, e agora frequenta com alguma desenvoltura o imaginário, impulsionado pelas obras literárias, cinematográficas, televisivas. Nesse trajeto situa-se *Drácula*, de

Bram Stocker (1897), narrativa que potencializa a ideia de finitude do homem, apresentando a imortalidade como centro. O texto tem por base uma figura real (Vlad, o empalador) e lendas da Transilvânia. O vampiro torna-se imortal pelo contato com o feminino e pela transferência de sangue, vive nas sombras e não suporta a luz do sol. Na narrativa, cruzam-se o mito da imortalidade e um forte erotismo.

Paralelamente ao vampiro, em nossos dias, é de grande rendimento a imagem do zumbi em textos, filmes, jogos. Liga-se à ideia de imortalidade, pela sobrevivência do corpo, no entanto é desprovido de identidade, memórias, reflexões, sentimento. O zumbi é um ser cancelado, pois não apresenta consciência, agindo como máquina devoradora e mortal. O movimento é robótico e, se há uma certa unidade de corpo, retalha-se a unidade da memória. Em suma, é um cadáver que ganha vida, um morto reanimado, que vaga preferencialmente à noite, causando o caos. A lenda é originária do Haiti, do folclore vudu, e mais uma vez vem enfatizar a ideia de sobrevivência (?) após a morte. Corpo arruinado, mente esvaziada, o zumbi representa uma espécie de vida alienada. A possível contaminação de outros seres espalha o terror e os circunscreve a um universo particular. Bocas abertas, com fome, para devorar o outro, seja em carne e osso, seja apenas a alma. Como exemplo, a obra coreana *Criança Zumbi*, de Jo Yong, que questiona os mortos--vivos, e, para jovens, os já clássicos *O cemitério maldito*, de Stephen King, *Eu sou a lenda*, de Richard Matheson, ou, com humor cáustico, *O guia de sobrevivência aos zumbis*, de Max Brooks, espécie de manual que ensina ao leitor como se preservar de tais criaturas.

CUIDADO COM O BICHO-PAPÃO

O bicho-papão acompanha o ser humano desde a mais tenra idade. Está presente nas cantigas de ninar, em que a melodia afaga, enquanto a letra assusta ("Bicho papão, sai de cima do telhado/ Deixa esse menino dormir sossegado"; "Boi, boi, boi, boi da cara preta/Pega esse menino que tem medo de careta", "Nana, neném, que a cuca vem pegar") e nas falas dos adultos que assustam os pequenos. Na verdade, a figura materializa o medo numa forma. Comumente, é um misto de animal e humano, com alguns elementos, por vezes, tomados de empréstimo do sobrenatural. Em suma, no bicho-papão, a matéria não se adapta à forma, ou melhor, à forma que vemos como consagrada, a humana. Seja ele um bicho, a cuca, um boi, comparece ao imaginário infantil com visualização horrenda.

Há estudos que aprofundam as relações de fantasias cruéis com a imaginação infantil. O pensador

Bruno Bettelheim assegurou o valor terapêutico da luta e do horror para a criança em seu desenvolvimento. Seu argumento principal vê as crianças como seres vulneráveis que sofrem com a tirania dos adultos, seria saudável que elas entrassem em contato com situações de violência que pudessem ser dissolvidas vivenciar situações de medo e pavor, para que se tornassem adultos prontos a lidar com situações similares. Legitima o valor terapêutico de lutas e do horror, em que a criança se identifica com protagonistas frágeis das narrativas, que, ao final, chegam vencedoras.

Monstruoso é o que é privado de humanidade, o que surge sem apoio numa imagem consagrada de **ser**. As ações do monstro – assustar, conquistar, devorar – podem ser encaradas como emblemas da perda de identidade das vítimas, aniquiladas por um poder inquietante. Há ameaças de devorar, seja o corpo ou a alma, despossuindo a vítima de seus contornos próprios. Monstros, bestas, ogros que comem carne humana são constantes no imaginário popular. O folclore é recheado deles. Por exemplo, os Clóvis, do carnaval, nada mais fazem do que ameaçarem a partir de uma identidade camuflada. Também no Maracatu e em outros festejos populares brasileiros aparecem figuras sinistras, responsáveis por amedrontar e seduzir os espectadores dos eventos.

A narrativa matricial de monstro é *Frankenstein* ou *O moderno Prometeu* (1816), de Mary Shelley. Nela, mostra-se a possibilidade de o ser humano criar vida, à maneira de um deus. Derivada da Ciência, a criatura montada pelo dr. Victor Frankenstein traz desafios ao código ético e moral, levando a reflexões sobre a perspectiva do que é bom e o que é mau. Este é o eixo de *O médico e o monstro – o estranho caso do Dr. Jekyll e Mr. Hyde* (1885), de Robert Louis Stevenson: o tema da duplicidade comparece e faz com que um médico – perfeito espécime social – acabe por perder seu senso de naturalidade e transforme-se, por meio de uma poção, em um monstro, capaz de crimes brutais.

Para crianças pequenas, os textos muitas vezes se constroem de outra forma, ao manterem a atmosfera amedrontadora e trabalharem o prenúncio de sua dissolução. Assim, apresenta-se uma ameaça, levada ao extremo, para depois ser desconstruída. E algumas vezes, nesse trajeto, o medo associa-se ao riso, que nada mais é do que um alívio à situação tensional exposta. Como exemplos, podem ser visualizados os livros *O ursinho apavorado*, de Keith Faulkner com ilustrações de Jonathan Lambert, e *Tico e os lobos maus*, de Valerie Gorbachev. Também em *O grúfalo*, de Julia Donaldson, surgem situações em que os animais-protagonistas encontram-se apavorados, para depois serem desfeitas, pela descoberta de que o medo fora construído pelo próprio sujeito. No fundo, trata-se de enfrentar o medo. Entre o susto e o riso, configura-se o *Pequeno manual de monstros caseiros*, de Stanislav Markianovic, em que imagens de monstros do cotidiano se sucedem e propõem uma nova mirada sobre o dia a dia.

Na cultura contemporânea, o choque e o horror são constantes, e, por um poder de banalização pela insistência no exposto, precisam ser cada vez mais violentos para que cheguem a impactar o espectador/leitor/observador. Ao mesmo tempo, o medo se instala no sutil: um arrepio, um recuo ao toque, uma sensação de náusea, repulsa; e pronto: estamos face ao que não desejávamos, e é impossível recuar. Por outro lado, há a aparição de monstros que apresentam características adoráveis (vide Shrek), apagando as fronteiras de gosto entre crianças e adultos, que ficam embevecidos ao conhecê-los.

MUITAS LENDAS, E URBANAS

O imaginário popular brasileiro é repleto de lendas que seduzem pelo medo. Basta pensar na mula-sem-cabeça, no caipora, na Iara, no boto tucuxi, no curupira, no boitatá, no corpo seco, para entendermos a rede amedrontadora que paira sobre o humano. Em sua maioria, advêm do meio rural, da selva e do pouco povoado, que permite, nas suas sombras, que a imaginação cresça.

As cidades também fazem brotar suas lendas. As narrativas urbanas têm sua origem, muitas vezes, em fatos reais, que se expandem e tornam-se motivo para permanência de temores. São ricas as metáforas por elas desencadeadas. Uma delas é a do *Homem do Saco*, que aprisiona crianças desobedientes, não apenas elas, mas as que se encontram largadas pelos responsáveis. Em um pseudo abandono, deixa entrever o medo do sequestro, do desinteresse dos pais, da fragilidade dos pequenos. São muitas as suas variantes, recebendo os detalhes do tempo em que se encontram inseridas, já que o saco pode ser substituído por uma Kombi, ou uma van, dependendo do contador e agente do medo e da ameaça.

A lenda do sequestro de órgãos tem presença constante no imaginário brasileiro. Normalmente em espaço público e movimentado, como shopping centers, desaparece uma criança, para reaparecer dias após, com determinado órgão retirado. Fruto, talvez, de supostos grupos que comercializam partes de crianças, expandem-se, e volta e meia aparecem nas páginas de jornal. E a *Loura do Banheiro*, que assusta crianças e adolescentes, de preferência em ambiente escolar? Enfatiza-se que o banheiro é espaço de perigo, principalmente para atos sexuais. E a noiva da estrada, que faz com que caminhoneiros se desviem de sua rota, ou terminem com seu caminhão destruído? Todas essas lendas terminam por apontar determinado elemento de perigo que deve ser evitado, funcionando, assim, como inibidores, ou educadores, de ações consideradas não sociais. Ladrões de crianças, sequestradores de bebês, cavaleiros noturnos que incitam a desordem e o medo, louras e fantasmas estimulam o medo que pode levar ao prazer, mantendo paralelamente um traço moralizador. Verifique-se nos livros *Lendas urbanas*, de Anna Claudia Ramos, e *Rotas fantásticas*, de Heloisa Prieto.

Tais narrativas propiciam abrigos do medo, em que é possível esconder-se do perseguidor num lugar seguro, o lar. Atestam um mundo que pensávamos conhecer, mas que se mostra repleto de perigos desconhecidos, escondidos, reprimidos.

FANTASMAGORIAS

Muitas das narrativas de medo contam com certos componentes residuais, provocadores de efeitos no leitor. Catalisam a natureza do terror, e apresentam a petrificação da personagem frente ao que deve enfrentar. E sua absoluta impossibilidade de partilhar seu sentimento de desventura e isolamento, marcas que centralizam a angústia infantil. Há publicações, no entanto, que fogem à regra de suavizar o temor, ou melhor, de educar o medo, fortalecendo as defesas do leitor por intermédio de outros expedientes.

Recorremos a duas para demonstrar tal artifício. A primeira intitula-se *O que existe antes que exista tudo*, do argentino Liniers. Em torno dos temores da infância gira essa pequena narrativa, compósito de imagem e palavra, em que os sentimentos se aprofundam e potencializam. A obra reveste-se de originalidade, seja nos traços a bico de pena que constroem atmosferas sombrias, monstros inquietantes e estranhos, seja na figura do protagonista, menino de pijama que condensa os traços do enredo. O medo do escuro, que faz parte do universo infantil, é aqui metaforizado e adensado. Ilustrações e texto se harmonizam em cenas angustiantes, que evoluem para o final surpreendente, pois volta-se ao começo, em um eterno retorno, em imagens cíclicas do medo.

Se, para as crianças, o medo brota do desconhecido, e se esconde no fundo do quarto, dentro do armário, debaixo da cama, para o jovem são as experiências diferentes, dissociadas, muitas vezes, que chamam a atenção. As explicações racionais do mundo não são suficientes para dar conta do ser adolescente, e procuram-se mistérios, ocultos, insólitos. Dentro dessa concepção de jovens leitores, situa-se a segunda obra que recorre a expedientes fortes de enfrentamento do medo: *Os lobos dentro da parede*, de Neil Gaiman. A ideia de família, constante na obra do autor, aparece trabalhada simbolicamente no texto e ilustrações, permitindo questionar esferas do real e apavorando o leitor por intermédio da situação inicial que provoca o medo – a presença de lobos sob as paredes da casa – que se dissolve pelo contra-ataque: são os humanos que se situam no espaço do *entre*. Nessa fábula pós-moderna, o humano consegue vencer o perigo, mas o final da narrativa aponta para a ameaça constante e insuperável.

No panorama editorial brasileiro, ganham cada vez mais espaço antologias que se ligam ao mistério, ao horror, ao terror. Por vezes, resgatam autores esquecidos, como é o caso de Humberto de Campos, que mereceu a publicação *O olhos que comiam carne e outros contos de terror*, organizada por Denyse Cantuária. Os textos são entremeados por gravuras e clichês, em projeto destinado ao público juvenil. Outras publicações reúnem vários autores, como é o caso de *Histórias para não dormir: dez contos de terror*, organizadas por Luiz Roberto Guedes e Emílio Satoshi

Hamaya e ilustradas por Piero Pierini, reunindo textos de Poe a Pedro Bandeira; e *Contos de horror: histórias para não ler à noite*, que reúne contos escolhidos e traduzidos por Martha Argel e Rosana Rios. O projeto gráfico da obra reproduz a antiguidade de manuscritos e as ilustrações de Samuel Casal harmonizam-se aos textos de Mary Cholmondeley, Dickens, Mary Braddon, Conan Doyle e Edgar Allan Poe.

Merecem especial destaque recontos e adaptações da tradição oral. Vejam-se, de Georgina Martins, *Quem mandou não acreditar?*, que reúne nove textos, e de Christine Palluy, traduzida por Heloisa Jahn, *Pequenos contos para sentir medo: histórias tradicionais de muitos lugares.* Nos dois volumes, acham-se possibilidades de disseminação do imaginário, colhidas da oralidade.

Uma outra vertente de publicação apresenta textos da tradição literária que recebem nova roupagem, mediante projeto gráfico. Como exemplo, a edição do poema "The raven", de Edgar Allan Poe, no original e na tradução de Machado de Assis, considerada pela crítica irretocável, com organização e comentários de Alberto Guerra. Outra edição, da Peirópolis, aposta na linguagem dos quadrinhos, em transposição de Luciano Irrthum, utilizando a tradução de Machado de Assis. Também o conto de João do Rio, *Dentro da noite*, merece uma edição dedicada aos jovens leitores, por sua apresentação caprichada.

O mercado editorial brasileiro tem dado especial relevo a novas obras ligadas ao medo. Merece atenção o livro *Sete ossos e uma maldição*, de Rosa Amanda Strausz. Já Felipe Castilho, em *Prata, terra & lua cheia* – parte da série *O legado folclórico* –, mescla figuras do imaginário brasileiro ao mundo geek, em narrativa dinamizada pelo protagonista, o jovem Anderson. Outro nome a ser lembrado é o de Raphael Montes e seu *O Vilarejo*, conjunto de sete histórias representativas da ruína do espaço e do humano, cambiáveis e assustadoras. E ainda Verena Cavalcante, em *Inventário de predadores domésticos*, reunião de 26 textos que assombram e pegam o leitor pela imaginação, ao ativarem narradores crianças que deixam entrever um mundo amedrontador. Pertence ao selo DarkSide books, que se liga a vertentes inusitadas e apresenta projeto gráfico diferenciado. E mais: *Gótico nordestino*, de Cristhiano Aguiar, em que se mesclam o imaginário popular brasileiro a referências da cultura *pop*. Um outro exemplo é a obra *Minha coisa favorita é monstro*, da escritora Hilda Hilst, toque sutil no medo sentido por crianças.

E, no espaço virtual, merece destaque a *Tênebra, biblioteca digital de narrativas obscuras brasileiras*, coordenada pelos pesquisadores Júlio França e Oscar Nestarez, que reúne textos de 1850 a 1939 marcados pelo horror, pelo gótico, pela estranheza. Recentemente, alguns foram publicados em livro, denominado *Tênebra: narrativas brasileiras de horror (1829-1899)*.

Nossos pesadelos prosseguirão. Ficaremos à mercê de vírus mortais; na contingência de pandemias, de calores e frios absurdos, decorrentes das mudanças climáticas ocasionadas pelo próprio homem, na sua ânsia de devastar o mundo; na beira de guerras absurdas e de uma perdição no universo internético. Paralelamente a esses perigos, nos encontraremos com fantasmas, vampiros, monstros, zumbis e outros seres, que continuam a ter poder sobre a imaginação. Devoraremos esses produtos do maravilhoso, aparições, ilusões, fantasmagorias, capazes de nos apavorar, e, ao mesmo tempo, de nos causar prazer, tornando-nos mais próximos do desejo de não morrer, de alcançar a vida eterna. Fica aqui o convite para que o leitor se aproxime de produtos, sejam eles literários, fílmicos ou *games*, que o incitem a pensar e entender as maravilhas e dissabores do medo. Sem pânico.

MEDIAÇÕES

Para que serve o sistema educacional – mais ainda, quando público – se não for para lutar contra a alienação? Para ajudar a decifrar os enigmas do mundo, sobretudo o do estranhamento de um mundo produzido pelos próprios homens.

(Emir Sader)

Com o propósito de promover o letramento literário, é fundamental que os/as professores/as realizem uma curadoria criteriosa dos livros disponíveis às crianças na biblioteca escolar, na sala de leitura e também na sala de aula. Nesse sentido, é preciso cultivar a noção do maravilhoso e seus símbolos – fadas, bruxas, monstros – para que, por meio da literatura infantojuvenil, as crianças ampliem suas referências da literatura universal, conectem-se a diversas culturas e tenham sua sensibilidade preservada e nutrida. Afinal, já leem o mundo com olhos ainda atentos ao espanto, à magia e ao mistério da vida.

Para inspirar essas e outras reflexões, seguem algumas sugestões de mediações de leitura e práticas literárias que favorecem a construção de um acervo plural, capaz de nutrir o letramento literário no ambiente escolar.

O MARAVILHOSO EM PAUTA

por Georgina Martins, Rosa Gens e Armando Gens

1. Realizar uma pesquisa informal na comunidade para saber como as pessoas definem o que é o maravilhoso.

Em seguida, avaliar as respostas recebidas com base em definições do maravilhoso encontradas em dicionários, enciclopédias e sites disponíveis na internet. Por fim, avaliar a presença do maravilhoso no imaginário cultural, com o objetivo de relacionar as narrativas coletadas com os diversos contextos em que elas possivelmente nasceram.

2. A noite traz consigo magia e mistério. O horário mais propício para metamorfoses e acontecimentos sobrenaturais é a meia-noite: hora simbólica por excelência que se destaca em diferentes textos literários. Tendo por base tal afirmação, estudar os contos *Cinderela* e *A pequena sereia*, explorando a importância da relação temporal com o instante-limite em que desejos se revelam e destinos se transformam.

3. Organizar e ilustrar uma pequena antologia de contos e lendas em que apareçam metamorfoses, antropomorfizações e personificações pertencentes à cosmogonia indígena.

4. A partir de um conto de fadas rico em traços teatrais, transpor o texto para o gênero teatral, adaptando-o aos dias atuais. Em seguida, confeccionar cenários – que podem ser feitos com sucatas –, culminando com a encenação do texto produzido.

5. Provocar, no grupo de leitura, um julgamento, com base em questões éticas, do conto *O pequeno polegar*, na versão de Charles Perrault, levando em consideração a figura do Ogro.

6. Escolher dois contos de fadas que apresentem objetos mágicos. Explicar a sua significação e importância no enredo. Identificar se tais objetos admitem, em outras narrativas, significado e função semelhantes.

7. Nas narrativas maravilhosas, o tempo aparece muitas vezes subvertido. A partir da leitura de *Alice no país das maravilhas*, estudar a percepção temporal, baseando-se principalmente na figura do Coelho e de seu relógio. Verificar como essa estratégia funciona na trama.

8. Determinar a localização geográfica em *Rapunzel*, *João e Maria* e *A pequena vendedora de fósforos*. Pensar como a configuração espacial contribui para a instauração do maravilhoso, tanto nos contos como em filmes e séries.

AS BRUXAS

por Georgina Martins

1. Pesquisar diferentes representações de bruxas na literatura infantil e juvenil e elaborar um inventário coletivo sobre a figura da bruxa e como as crianças a percebem. Organizar um debate para compartilhar e refletir sobre essas percepções.

2. Realizar um levantamento das histórias de bruxas conhecidas pela turma e explorar a leitura daquelas menos conhecidas. Em seguida, fazer um levantamento das histórias que mais agradaram à turma e analisar os motivos dessa preferência.

3. Após ouvir uma narrativa com bruxas, cada criança é convidada a desenhar ou modelar a sua própria personagem: ela pode ser assustadora, bondosa, engraçada, sábia ou até misteriosa.

4. Em seguida, organiza-se uma dramatização coletiva, na qual a turma apresenta e debate sobre cada bruxa criada: com quais personagens conhecidas ela se parece, o que gosta de fazer, quais são seus segredos e quais poderes guarda em seu mundo imaginário.

5. Após a dramatização, cada criança registra a sua bruxa em uma página: pode ser um pequeno texto (com ajuda do professor, se necessário), um desenho ou colagem. Todas as páginas são reunidas em um "Livro das Bruxas da Turma", que pode ficar exposto na sala de leitura ou circular entre as famílias.

6. Listar bruxas boas e bruxas más das histórias que conhecem e comparar o que cada uma tem de especial ou de assustador.

7. Pesquisar histórias reais contemporâneas onde ainda é possível encontrar mulheres acusadas de bruxaria.

AS FADAS AINDA ESTÃO POR AQUI...

por Armando Gens

1. Selecionar um conto de fadas para ser lido pelos estudantes. Após a leitura, promover um julgamento

sobre as questões éticas e estéticas que derivarem do perfil tradicional das fadas.

2. Desenhar ou escrever um retrato de fada com uma indumentária mais adequada ao século XXI. Essa proposta tem por objetivo renovar o *dress code* das fadas nos contos tradicionais.

3. Reescrever ou escrever um conto de fadas em que os atributos mágicos sejam substituídos por elementos tecnológicos.

4. Elaborar um painel ou mural com diferentes representações de fadas e criar legendas de impacto para cada uma delas.

5. Propor uma viagem pela internet em busca de fadas de outras culturas, como africanas, irlandesas, japonesas, ciganas, entre outras. Em seguida, analisá-las, levando em consideração: traços culturais, aparência física, indumentária, atributos mágicos e funções. Apresentar os resultados das pesquisas em formato de seminário.

6. Oferecer aos estudantes uma seleção de adaptações cinematográficas de *Cinderela*, com o propósito de desenvolver uma análise comparativa das figurações da fada-madrinha.

7. Ler *A fada inflada* e *A fada enfadada*. Em seguida, realizar uma abordagem sobre o modo como cada protagonista lida com seus respectivos anseios.

8. Pesquisar o padrão do *limerick* – forma poética originária da Irlanda (consultar, se necessário: https://durasletras.com/poesia-nonsense-edward-lear). Ao produzir o *limerick*, situar a fada, por exemplo, no Lago das Fadas (Floresta da Tijuca - RJ), nas Chaminés-das-Fadas (Turquia) ou nos Fortes das Fadas (Irlanda). Para melhor desempenho na composição do poema, é importante colher informações sobre tais designativos geográficos.

9. Realizar um inventário das fadas boas e más mencionadas pelas crianças e discutir semelhanças e diferenças com a figura da bruxa.

O PERCURSO DOS MONSTROS NA LITERATURA INFANTIL E JUVENIL BRASILEIRA

por Alexandre de Castro Gomes

1. Considerar a etimologia da palavra monstro, mais especificamente a definição de *mostrare*. Refletir sobre o que a leitura de *Frankenstein, ou o Prometeu moderno*, de Mary Shelley, diz a respeito da empatia e da moralidade humana.

2. Criar uma gincana de monstros. Separar a turma em equipes: Equipe Gigante, Equipe Dragão, Equipe Folclore, Equipe Vampiro, Equipe Bruxa. Estabelecer que a equipe que, em 24h, trouxer mais títulos de livros com o seu monstro, vencerá.

3. A partir da leitura do livro *Onde vivem os monstros*, de Maurice Sendak, abrir conversas sobre as diferentes

possibilidades de interpretação dos monstros a partir das ilustrações.

4. Fazer a leitura do livro *Agora não, Bernardo*, escrito e ilustrado por David McKee, em sala de aula. Discutir o livro, analisando as diversas possibilidades de interpretação.

5. Fazer uma relação de todos os seres do folclore conhecidos pela turma. Pesquisar outras criaturas no *Dicionário do Folclore Brasileiro*, de Câmara Cascudo. Apresentar essas criaturas em sala de aula.

6. Explorar os monstros conhecidos da literatura infantil e juvenil e estimular a turma a refletir sobre suas atitudes, discutindo o que os torna bons ou maus e como essas figuras expressam medos, valores e dilemas humanos, ampliando a compreensão das crianças sobre comportamento, simbolismo e o imaginário fantástico.

7. Escolher um momento do livro *O Grande Grrrrr*, escrito por Marie-Sabine Roger e ilustrado por Marjolaine Leray. A partir dele, imaginar como a raiva poderia se transformar em um monstro e criar um pequeno conto ou ilustração que mostre como esse monstro se manifesta – e de que forma podemos lidar com ele. Ao final, compartilhar a criação com a turma.

8. Inventar um monstro híbrido, com cada aluno acrescentando uma característica diferente (pés de salamandra, rabo de galo, asas de borboleta...),

decidir sua personalidade e criar juntos uma história ilustrada sobre as aventuras desse monstro.

O MEDO E SUAS ESTRANHAS MARAVILHAS

por Rosa Gens

1. Pesquisar figuras do folclore brasileiro que sejam provocadoras de medo e pavor e, a partir da descrição de suas características e área de atuação, relacioná-las com a sensação que provocam.

2. Criar um monstro a partir de seu medo mais intenso. E, depois de representá-lo por um desenho, produzir um texto em que ele seja o protagonista, descrevendo sua aparência e seu poder de aterrorizar.

3. Escolher uma história infantil com monstros ou situações assustadoras, identificar os medos que surgem, desenhar ou escrever um pequeno conto mostrando como esses medos podem ser transformados, e depois compartilhar com a turma.

4. A partir da leitura do livro *E se for um bicho mau?*, escrito por João Barbosa e ilustrado por Mara Silva, escolher um monstro, imaginar como ele viveria hoje em situações do cotidiano e criar uma pequena história ou desenho que mostre como ele pode ser assustador. Em seguida, compartilhar com a turma qual monstro mais provocou medo.

5. Acionar um *brainstorm* que deflagre os medos que são percebidos por cada um dos participantes. Em seguida, enumerar as sensações corporais que a emoção propicia e procurar perceber como o corpo reage.

6. Fazer um levantamento de criaturas que são percebidas como monstros. Verificar os limites entre humanidade e criação de monstruosidades. Pensar nos significados da palavra "monstro" na atualidade e nas emoções que ela provoca.

7. Assistir a vários filmes centrados no personagem Drácula. Comparar as diversas caracterizações que o vampiro recebe, observando seus traços fisionômicos, trejeitos e vestimenta. Observar o cenário em que ele se insere. Perceber as configurações musicais, dentro da trilha sonora, que ativam a ambiência de medo.

8. Observar o quadro "O grito", de Edward Munch, buscando interpretar possíveis sentimentos propiciados pela expressão de sua figura central. Em seguida, buscar outros quadros que situem as emoções do medo e do desespero. Por último, verificar produtos da indústria cultural que tenham se apropriado da imagem de Munch, e como funcionam.

SOBRE A AUTORIA

O conto de fadas descreve como a psique lida com as transformações interiores, e por isso permanece sempre atual.

(Marie-Louise von Franz)

Alexandre de Castro Gomes é carioca, doutorando e mestre em Teoria da Literatura e Literatura Comparada pela Universidade do Estado do Rio de Janeiro (Uerj), especialista em Literatura Infantil e Juvenil pela Universidade Candido Mendes (Ucam), professor de história da literatura infantil e juvenil brasileira (Ucam e Educamais) e de escrita criativa na Pontifícia Universidade Católica de Campinas. Foi presidente da Associação de Escritores e Ilustradores de Literatura Infantil e Juvenil (AEILIJ), entre 2015 e 2019, membro do grupo de pesquisa CNPq-Uerj EnLIJ e do projeto de extensão NELIJ-Uerj. Autor de dezenas de livros de literatura publicados no Brasil e no exterior, suas obras foram selecionadas para os mais importantes programas de leitura do país e receberam prêmios e distinções de instituições como a Cátedra Unesco de Leitura, a Fundação Nacional do Livro Infantil e Juvenil (FNLIJ), a Biblioteca Nacional e a Fundación Cuatrogatos.

@alexandredecastrogomes
www.alexandredecastrogomes.com

Armando Gens aposentou-se como professor associado pela Universidade Federal do Rio de Janeiro (UFRJ), em 2014, e pela Universidade do Estado do Rio de Janeiro (Uerj), em 2020. É doutor em Literatura Brasileira pela Universidade de São Paulo (2000). Foi pesquisador da Fundação Biblioteca Nacional, no âmbito do Programa Nacional de Apoio à Pesquisa (PNAP), entre 2012 e 2013. Publicou, em livros e revistas, artigos sobre fadas, poesia na sala de aula, livro ilustrado para crianças e jovens, ilustração de poemas, questões de gênero, formação de professores, didática, violência e leitura. É autor do volume *Medeiros e Albuquerque: cadeira 22, ocupante 1 (fundador)*, publicado pela Academia Brasileira de Letras / Imprensa Oficial do Estado de São Paulo, Série Essencial, n. 78, 2014.

Rosa Gens é carioca, formada em Português-Literaturas pela Universidade do Estado do Rio de Janeiro (Uerj), com mestrado e doutorado em Letras Vernáculas (Literatura Brasileira) pela Universidade Federal do Rio de Janeiro (UFRJ). É professora aposentada do Colégio Militar do Rio de Janeiro e do Setor de Literatura Brasileira da Faculdade de Letras da UFRJ. Atuou em diversos projetos da Secretaria Municipal de Cultura do Rio de Janeiro, entre eles Literatura na Escola e Biblioteca Carioca. Coordenou, por dez anos, o Curso de Especialização em Literatura Infantil e Juvenil da Faculdade de Letras da UFRJ. Orientou trabalhos de iniciação científica, monografias, dissertações e teses ligados ao campo da literatura para crianças e jovens. É autora de diversos artigos sobre o medo, questões de gênero e literatura brasileira contemporânea.

Georgina Martins é carioca, doutora em Literatura Brasileira pela Universidade Federal do Rio de Janeiro (UFRJ), onde atuou como diretora de Produção Cultural, professora do curso de pós-graduação em Literatura Infantil e Juvenil, professora substituta da Faculdade de Educação e professora convidada do curso de

Letras-Libras. É autora de diversos livros para crianças e jovens, como *Minha família é colorida* (Edições SM), *No olho da rua: historinhas quase tristes* (Ática), *Quem mandou não acreditar?*, *Vocês viram a minha mãe?* (Paulinas), *O menino que brincava de ser* (DCL), *O menino que não queria ser príncipe e outras histórias encantadas* (Edelbra), *Filhotes* (Pingo de Luz), entre outros. Vários de seus livros foram selecionados por programas de leitura do governo federal. Recebeu prêmios literários como o "Carioquinha de Literatura Infantil", o "Prêmio Adolfo Aizen" e o selo "Altamente Recomendável", da Cátedra Unesco de Leitura. Atuou também em projetos de formação de leitores junto à Defensoria Pública da União, no complexo prisional de Gericinó (RJ), e no Departamento Geral de Ações Socioeducativas (Degase). É colunista da revista *Ciência Hoje*.

@martins_georgina
ginamartins@uol.com.br

Referências

AGUIAR, Cristhiano. *Gótico nordestino*. São Paulo: Alfaguara, 2022.

ALMEIDA, Julia Lopes de. *Histórias da nossa terra*. Rio de Janeiro: Francisco Alves, 1907.

ALMEIDA, Julia Lopes de; VIEIRA, Adelina Lopes. *Contos infantis em verso e prosa: adaptados para o uso das escolas primárias do Brasil*. São Paulo: Laemmert & Companhia, 1910.
ALMEIDA, Aluísio de. *Contos do povo brasileiro*. Petrópolis: Vozes, 1947.

ALMEIDA, Lúcia Machado de. *Xisto no espaço* (18ª. edição). São Paulo: Ática, 1982.

AMARAL, Jorge Fernando Barbosa do. *A literatura brasileira e a monstruosidade negra nos portões da diferença*. Orientadora: Rosa Maria de Carvalho Gens. 2015. 191 f. Tese (Doutorado em Letras Vernáculas). Rio de Janeiro: Universidade Federal do Rio de Janeiro, 2015.

ALMEIDA, Fernanda Lopes de. *A fada que tinha ideias*. São Paulo: Ática, 1971.

ANCHIETA, José de. *Cartas, informações, fragmentos históricos e sermões*. Belo Horizonte: Itatiaia, 1988.

ANDRADE, Thales de. *Itaí, o menino das selvas*. São Paulo: Revista dos Tribunais, 1956.

ARGEL, Martha; RIOS, Rosana (Org. e trad.). *Contos de horror: histórias para não ler à noite*. São Paulo: Farol literário, 2012.

BARBOSA, João. *E se for um bicho mau?* ilustrações de Mara Silva. Adaptação de Ana Clara das Vestes. Rio de Janeiro: Pingo de Luz, 2025.

BARRETO, Paulo. *Dentro da noite*. São Paulo: Girafinha, 2010.

BARKOW, Vera (Trad.). *Contos de fadas dos Irmãos Grimm*. São Paulo: Paulinas, 2021.

BAUMAN, Zigmunt. *Medo líquido*. Trad. de Carlos Alberto Medeiros. Rio de Janeiro: Zahar, 2008.

BECKER, C. D. *et al*. "História da Literatura Infantil Brasileira". *In*: SARAIVA, Juracy Assmann (Org.). *Literatura e alfabetização* (1ª. edição). Porto Alegre: Artmed, 2001.

BETTELHEIM, Bruno. *A psicanálise dos contos de fadas* (3ª. *edição)*. Trad. Arlene Cardoso. Rio de Janeiro: Paz e Terra, 2021.

BROOKS, Max. *O guia de sobrevivência a zumbis: proteção total contra morto-vivos*. Trad. de Amanda Orlando e Gabriela Fróes. Rio de Janeiro: Rocco, 2006.

BORD, Janet. *O maravilhoso mundo das fadas: encontro com a "gente pequena"*. Portugal: Livros de Vida, 2001.

BRETON, André. *Manifesto do surrealismo*. Trad. Sérgio Pachá. Rio de Janeiro: Nau, 2001.

BOULOUMIÉ, Arlette. O ogro na literatura. *In*: BRUNEL Pierre (Org.). *Dicionário de mitos imaginários* (3. edição). Trad. Carlos Sussekind e outros. Rio de Janeiro: José Olympio, 2000.

CALVINO, Ítalo. *Sobre o conto de fadas*. Trad. de José Colaço Barreiros. Lisboa: Teorema, 1999.

CAMPOS, Humberto de. *Os olhos que comiam carne e outros contos de terror*. (Org. de Denise Cantuária). São Paulo: Noohva América, 2008.

CANETTI, Elias. *A língua absolvida*: história de uma juventude. Trad. de Kurt Jahn. São Paulo: Companhia das Letras, 2002.

CARPENTIER, Alejo. *A literatura do Maravilhoso*. Trad. Rubia Prates Goldoni e Sérgio Molina. São Paulo: Vértice, 1987.

CASCUDO, Câmara. *A Literatura Oral no Brasil*. Belo Horizonte: Itatiaia, 1984.

_______________. *Contos tradicionais do Brasil*. Ilustrações de Poty. Rio de Janeiro: Ediouro, 1999.

CASTILHO, Felipe. *Prata, terra & lua cheia*. Belo Horizonte: Gutemberg, 2015.

CAVALCANTE, Verena. *Inventário de predadores domésticos*. Rio de Janeiro: DarkSide Books, 2001.

CRYSANTHÈME. *Contos azuis*. Rio de Janeiro: Pongetti, 1936.

COELHO, Nelly Novaes. *Dicionário crítico da literatura infantil e juvenil brasileira*. São Paulo: Quíron, 1993.

COELHO, Nelly Novaes. *O conto de fadas*: símbolos, mitos, arquétipos. São Paulo: DCL, 2003.

Contos Populares Brasileiros. Portugal: Estampa 1976.

CORSO, Diana Lichtenstein; CORSO, Mário. *Fadas no divã: psicanálise nas histórias infantis.* Porto Alegre: Artmed, 2007.

COSTA, Marco Túlio. *A fada enfadada.* São Paulo: FTD, 1989.

COSTA, Mônica Rodrigues da. "Recreio faz 30 anos em maio" In *Folha de São Paulo Ilustrada,* São Paulo, 3 abr. 1999. Disponível em: https://www1.folha.uol.com.br/fsp/ilustrad/fq23049942.htm (acesso em: 18 jun. 2021).

DARNTON, Robert. *O Grande Massacre de Gatos.* (Trad. Sônia Coutinho). Rio de Janeiro: Graal, 1986.

DEGANI, Francisco (Trad.). *O conto dos contos.* São Paulo: Nova Alexandria, 2018.

DELUMEAU, Jean. *História do medo no Ocidente, 1300 – 1800.* (Trad. de Maria Lucia Machado e Heloisa Jahn). São Paulo: Companhia das Letras, 1989.

DONALDSON, Julia. *O grúfalo.* Ilustrações de Axel Scheffler. Trad. de Gilda de Aquino. São Paulo: Brinque-book, 2008.

DUARTE, Silvia (Trad.). *Contos de Hans Christian Andersen.* São Paulo: Paulinas, 2011.

ECO, Umberto (Org.). *História da feiura.* (Trad. Eliana Aguiar). Rio de Janeiro: Record, 2007.

ERLBRUCH, Wolf. *O pato, a morte e a tulipa*. Trad. José Menezes Macedo. São Paulo: Cosac & Naify, 2009.

FRANZ, Marie-Louise von. *A interpretação dos contos de fada*. Trad. Maria Elci Spaccaquerche Barbosa. São Paulo: Paulus, 1991.

FAULKNER, Keith. *O ursinho apavorado*. Ilustrações de Jonathan Lambert. Trad. de Vitor Kaiser. São Paulo: Companhia das Letrinhas, 2000.

FEDERICI, Silvia. *Mulheres e caça às bruxas*. Trad. Heci Regina Candiani. São Paulo: Boitempo, 2019.

FONSECA, Gondin da. *O reino das maravilhas*: *contos de gênios e de fadas*. Rio de Janeiro: Quaresma, 1958.

FUNARI, Eva. *Bruxinha 1*. São Paulo: FTD, 1989.

__________. *Bruxinha 2*. São Paulo: FTD, 1990.

__________. *A bruxinha e o Godofredo*. São Paulo, Global, 1993.

GAIMAN, Neil. *Coraline*. Ilustrações de Dave McKean. Trad. de Regina de Barros Carvalho. Rio de Janeiro: Rocco, 2003.

__________. *Os lobos atrás das paredes*. Ilustrações de Dave McKean. Trad. John Lee Murray. Rio de Janeiro: Rocco, 2006.

GOMES, Alexandre de Castro. *A configuração dos monstros na literatura infantil e juvenil brasileira do século XX*. 169 f.

Dissertação (Mestrado em Letras) – Instituto de Letras, Universidade do Estado do Rio de Janeiro, Rio de Janeiro, 2021.

GORBACHEV, Valerie. *Tico e os lobos maus*. Trad. de Gilda de Aquino. São Paulo: Brinque-book, 1998.

GUINSBURG, Carlo. *Os Andarilhos do bem*. Trad. Jônatas Batista Neto. São Paulo: Companhia das Letras, 1990.

---------------------. *História noturna*. Trad. Nilson Moulin. São Paulo: Companhia das Letras, 1991.

HILST, Hilda. *Eu sou a monstra*. Ilustrações de Ixchel Estrada. São Paulo: Companhia das Letrinhas, 2021.

IACOCCA, Liliana; IACOCCA, Michele. *Laura e Léo em monstros e fadas*. São Paulo: Ática, 1994.

GRIMM, Jacob & Wilhelm. *Contos de Fadas*. Trad. David Jardim Júnior. Belo Horizonte: Vila Rica, 1994.

KAPPLER, Claude. *Monstros, demônios e encantamentos no fim da idade média*. Trad. Ivone Benedetti. São Paulo: Martins Fontes, 1993.

KING, Stephen. *O cemitério*. Trad. Mário Molina. São Paulo: Suma, 2013.

KRAMER e SPRENGER. *O martelo das feiticeiras*. Trad. Paulo Fróes. Rio de Janeiro: Rosa dos Tempos, 1991.

KÖPKE, João. *Fabulas: para uso das classes de língua matterna* (6ª. edição). Rio de Janeiro: Francisco Alves, 1912.

LAGO, Angela. *De morte!* Ilustrações de Dürer. Belo Horizonte: RHJ, 2000.

______________. *Sete histórias para sacudir o esqueleto.* São Paulo: Companhia das Letrinhas, 2002.

LAGO, Mário. *O monstrinho medonhento.* São Paulo: Moderna, 1984.

LE GOFF, Jacques (Org.). *O Maravilhoso e o Cotidiano no Ocidente Medieval.* Trad. Mário Silva. Lisboa: Editorial Presença, 1989.

LEITE, Luíza; Podlubny, Tatiana. *A fada inflada.* Rio de Janeiro, 7Letras, 2015.

LINIERS. *O que existe antes que exista tudo.* Trad. Rafael Mantovani. São Paulo: Girafinha, 2009.

LOBATO, Monteiro. *O Saci* (14ª. edição). São Paulo: Brasiliense, 1954.

MABILLE, Pierre. *Mirror of the marvelous: the classic surrealist work on Mith.* Toronto: Inner Traditions, 1998.

MARCÍLIO, Maria Luíza. *História Social da Infância Abandonada.* São Paulo: Hucitec, 1998.

MARIJANOVIC, Stanislav. *Pequeno manual de monstros caseiros.* Trad. Eduardo Brandão. São Paulo: Companhia das Letrinhas, 2005.

MARINS, Francisco. *Nas terra do Rei Café* (8ª. edição). São Paulo: Melhoramentos, 1964.

________________. *Os segredos de Taquara-Póca.* (10ª. edição). São Paulo: Melhoramentos, 1968.

MATHESON, Richard. *Eu sou a lenda.* Trad. de Delfin. São Paulo: Aleph, 2016.

MARTINS, Georgina. *Quem mandou não acreditar?* São Paulo: Escala Educacional, 2009.

MCKEE, David. *Agora não, Bernardo.* Trad. Mônica Stahel. São Paulo: Martins Fontes, 1994.

MENDES, Mariza B. T. *Em busca dos contos perdidos. O significado das funções femininas nos contos de Perrault.* São Paulo: UNESP: Imprensa Oficial do Estado, 2000.

MESSIAS, Adriano. *Todos os monstros da Terra: bestiários do cinema e da literatura.* São Paulo: EDUC: FAPESP, 2016.

MESQUITA, Samira Nahid. *O Enredo.* São Paulo: Ática, 1987.

MICHELET, Jules. *A feiticeira.* Trad. Maria Luiza X. de A. Borges. Rio de Janeiro: Nova Fronteira, 1992.

MONTES, Raphael. *O vilarejo.* São Paulo: Companhia das Letras, 2015.

NEIVA, Lia. *Histórias de não se crer.* Rio de Janeiro: Ao Livro Técnico, 1987.

ORTHOF, Sylvia. *Cabidelim: o doce monstrinho* (3. ª edição). Ilustrações de Gê Orthof. Rio de Janeiro: Memórias Futuras, 1986.

_____________. *A fada Sempre-Viva e a galinha fada.* Ilustrações de Salmo Dansa. São Paulo: FTD, 1990.

_____________. *Fada Cisco Quase Nada.* Ilustrações de Eva Furnari. São Paulo: Ática, 1992.

_____________. *Uxa, ora fada, ora bruxa.* Rio de Janeiro: Nova Fronteira, 1985.

PADILHA, Viriato. *O livro dos phantasmas.* Rio de Janeiro: Spiker, 1956.

PALLUY, Cristine. *Pequenos contos para sentir medo; histórias tradicionais de muitos lugares.* Trad. de Heloisa Jahn. São Paulo: Companhia das Letrinhas, 2011.

PAZ, Noemi. *Mitos e ritos de iniciação nos contos de fadas.* Trad. de Maria Stela Gonçalves. São Paulo: Cultrix,1995.

PERRAULT, Charles. *Contos de Perrault.* Ilustrações de Arthur Rackham. Trad. Edgar Lucas. Belo horizonte: Itatiaia, 1989.

PIMENTEL, Figueiredo. *Histórias de fadas.* Rio de Janeiro: Francisco Alves, 1898.

__________________. *Contos da Carochinha* (19.ª edição). Rio de Janeiro: Quaresma, 1950.

PINHEIRO, Luiz Leopoldo Fernandes (Org.). *Musa das escolas*. Rio de Janeiro: Garnier, 1890.

PRIETO, Heloisa. *Rotas fantásticas*. Ilustrações de Daniel Kondo. São Paulo. FTD, 2003.

POE, Edgar Allan. "A ilha das fadas". In: *Ficção completa, poesia & ensaios*. Trad. Oscar Mendes, com colaboração de Milton Amado. Rio de Janeiro, Aguilar, 1965.

PRIORE, Mary Del. *História da criança no Brasil*. São Paulo: Contexto, 1998.

PROPP, Vladímir. *As raízes históricas do Conto Maravilhoso*. São Paulo: Martins Fontes, 1997.

QUEIRÓS, Bartolomeu Campos. *Onde tem bruxa tem fada*. Ilustrações de Paulo Von Poser. São Paulo: Moderna, 1983.

RAMOS, Anna Claudia. *Lendas urbanas*. Ilustrações de Guto Lins. São Paulo: DCL, 2014.

Revista Recreio. São Paulo: Editora Abril, edição 417, 1981.

RIBEIRO, Eliana Bueno (Trad.). *Contos de Charles Perrault*. São Paulo: Paulinas, 2016.

ROGER Marie-Sabine. *O grande Grrrrr.* ilustrações Marjolaine Leray. Trad. Bruno Anselmi Matangrano. Rio de Janeiro: Pingo de Luz, 2025.

SENDAK, Maurice. *Onde vivem os monstros* (2.ª edição). São Paulo: Cosac Naify, 2014.

SHELLEY. Mary; STOCKER, Bram; STEVENSON, Robert Louis. *Box: Mestres do Terror: Franskenstein, Drácula e O médico e o monstro*. Trad. Adriana Lisboa. Rio de janeiro: Nova Fronteira, 2015.

SILVA, Maria Carmem Martins da Fonseca e. *O mundo de sonhos dos irmãos Grimm: análise de contos*. Rio de Janeiro: Litteris Editora, 2002.

SOUZA, Laura de Mello. *O diabo e a Terra de Santa Cruz*: São Paulo: Companhia das Letras, 2009

__________________. *Inferno Atlântico*. São Paulo: Companhia das Letras, 1993.

SOUSA, Suzana Palermo de. *A Biblioteca Infantil de Figueiredo Pimentel: Tradução e adaptação de narrativas populares na segunda metade do século XIX*. 99 pp. (Licenciatura em Letras – Português), Campinas: Unversidade Estadual de Campinas, 2017.

STRAUSZ, Rosa Amanda. *Sete ossos e uma maldição*. São Paulo: Global, 2013.

TOLKIEN, J. R. R. *Sobre histórias de fadas*. Trad. de Ronald Kyrmse. São Paulo: Conrad Editora do Brasil, 2006.

VASCONCELOS, Cecília Moncorvo Bandeira de Melo Rebelo de. *Contos para crianças por Chrysanthème*. Rio de Janeiro: Laemmert & Companhia, 1906.

VIDAL, Ademar. *Lendas e Superstições*. Rio de Janeiro: O cruzeiro, 1950.

VIGNA, Elvira. *A breve história de Asdrúbal, o terrível*. São Paulo: José Olympio, 1978.

VILLAS BOAS, Marion. *Fadas, dragões e princesas nem tanto*. Rio de Janeiro: Ao Livro Técnico, 1991.

VOLOBUEF, Karin. "Um estudo do conto de fadas". In: *Revista de Letras*. v. 33, p. 99-114. São Paulo: UNESP, 1993.

WARNER, Marina. *Da fera à loira: sobre contos de fadas e seus narradores*. Trad. Thelma Médici Nóbrega. São Paulo: Companhia das Letras, 1999.

WARNER, Marina. *Monsters of our own making: the peculiar pleasures of fear*. EUA: Kentucky Press, 1999.

YONG, Jo. *Criança Zumbi*. Ilustrações de Jam San. Trad. Jae Hyung. Rio de Janeiro: Intrínseca, 2021. (Coleção *It's okay not to be okay* – Livro 2)

ZILBERMAN, Regina. "Leituras para a infância no século XIX brasileiro. Revista *FronteiraZ*, n. 17, dez. 2016.

ZILBERMAN, Regina; LAJOLO, Marisa. *Um Brasil para crianças*. (4 .ª edição). São Paulo: Global, 1993.

ZIRALDO. *Além do rio*. São Paulo: Melhoramentos, 1987.

Anotações

Este livro ganhou forma em setembro de 2025, sob os cuidados da Semente Editorial (1ª edição: 1ª impressão). Foi composto com as tipografias Candara e Chelsea Market, e impresso pela Gráfica Coan (Tubarão/SC), em papéis Avena 80 g/m^2 e Kraft 240 g/m^2, provenientes de manejo florestal sustentável.

FSC www.fsc.org
MISTO
Papel proveniente de fontes responsáveis
FSC® C095238

Edição e publicação de livros que venham contribuir para o bem-estar, alegria e crescimento de todos os seres – humanos e não humanos.

www.sementeeditorial.com.br
@sementeeditorial